Fan
ファン文庫

質屋からすのワケアリ帳簿

シンデレラと死を呼ぶ靴

著　南潔

マイナビ出版

目次

赤い靴 —— 007
空き巣 —— 019
夜の鳥 —— 028
鴨葱 —— 041
灰かぶりの家 —— 056
高嶺の花 —— 071
薄雪荘 —— 086
レディ・カースト —— 099
ダンスホールの怪人 —— 122
ファーストレディ —— 146
女王蜂 —— 168
血族 —— 186
地下の秘事 —— 203
高値の花 —— 216
夜明鳥 —— 234
仮面の下の顔 —— 247
顔のない男 —— 268
屋烏の愛 —— 280
あとがき —— 284

質屋からすのワケアリ帳簿

シンデレラと死を呼ぶ靴

南潔

登場人物

烏《から》島《しま》廉《れん》士《じ》

「人が大切にしているものしか引き取らない」という、
一風変わった質屋からすの店主。年齢・出自は不詳。
黒いシャツに黒いパンツという黒ずくめの服装がトレードマーク。

目《め》黒《ぐろ》千《ち》里《さと》

質屋からすの店員。
新卒で入社した会社を数ヶ月でクビになってしまったところ、
幼い頃から身につけていた「特殊な能力」を烏島に買われ、
質屋に雇われることになった。

七《なな》杜《もり》宗《そう》介《すけ》

お金持ちの子女が通う鳳凰学園高等部三年生。
平安時代まで遡ることのできる名家・七杜家の御曹司。
父親の代理で質屋からすを訪れるうちに事件に巻き込まれ、
ふたりとともに解決したという経緯がある。

鳩《はと》村《むら》　剛《つよし》

廉士の古い知人。
ゲイバーのママをする傍ら、廉士を手伝って情報屋もしている。

八《や》木《ぎ》　汀《なぎさ》

宗介の腹違いの妹。
母親は宗介の父の愛人で、別宅に暮らす。会員制クラブ「薄雪荘」の会員。

赤い靴

砂時計の砂が落ちきったのを確認してからティーポットを慎重に傾けると、紅茶の香りと湯気がメタルリーフの照明が垂れさがる天井に向かって立ちのぼった。

香りと色はおそらく合格だ。問題は味である。

目黒《めぐろ》千里《ちさと》はトレイを持ち、立派な応接セットの横を通り抜け、窓のそばにある飴色のアンティークデスクで新聞を読んでいる男の前にティーカップを置いた。

男はちらりと千里に視線をやってから、カップに手を伸ばした。骨ばっている美しい手だ。ほとんど外出しないため日に焼けていない肌は、着ている漆黒のシャツとの対比でより一層白く見える。

男がゆっくりとカップに鼻を近づける。香りを確かめているのだろう。青い薔薇が描かれた優美なティーカップは、男の日本人離れした彫りの深い貌立ちによく似合っていた。男がカップの縁に口をつける。男の喉仏が動くのに合わせて、千里もごくりと唾を飲んだ。

「六十八点」

薄い唇から叩きだされた点数に、千里はがっくりと肩を落とした。茶葉の量、蒸らし時間――何度も確認した結果が六十八点。

「がんばったのに……」

「努力というものは結果に反映されなければ無意味だよ、目黒くん」

男——千里の雇い主である烏島廉士《からしまれんじ》は、笑顔で容赦なく切り捨てた。

「なにが悪かったんでしょうか……」

「悪くはない。ただ僕の口には合わなかっただけかな」

そう言って、烏島は千里が淹れた紅茶を味わうことなく飲み干した。飲まれずシンクに流されるよりはマシだが、これはこれで辛いものがある。

「茶葉の無駄づかいをありがとう。これからお茶は僕が淹れるよ。それより、頼んだ仕事は？」

「雑誌とネットの分は終わりました」

烏島は新聞・雑誌・ネットなど、あらゆるニュースに目を通す。千里は烏島に指定された記事をプリントアウトし、雑誌や新聞紙は切り抜いて、整理しているのだが、これがなかなかの量になる。新聞は全国紙だけでなく地方紙、そして雑誌も専門誌まで幅広いので大変だ。

「パソコンに取り込む方が便利じゃないですか？」

「便利かどうかじゃなく、自分の頭に入れることが目的なんだよ。膨大な情報を保持していたって、肝心なときにそれを引き出せなきゃ意味がない」

烏島は読んでいた新聞を指先でトントンと叩いた。

「紙の手触り。匂い。それを感じながらめくったり、線を引いたり、切ったりする。読むという作業に別の作業を付随させるだけで、人間の記憶力は格段によくなる」

記事を分類するため、千里も内容に目を通すのだが、烏島の言うとおり液晶画面をスクロールするよりは頭に入ってきたような気がする。ちなみに今日の新聞でインパクトがあったのは、新婚旅行先の海外のサファリで、妻がライオンに襲われたという悲劇的な記事の横に、動物園で赤ちゃんライオンが生まれたというほのぼのした記事が並んでいたことだった。

「この作業も、質屋の仕事に関係があるんですか？」

「持ち込まれた品が盗品であるかどうか判断するためにも、あらゆるニュースを頭に入れておく必要がある」

「……確か盗品を買い取った場合って、盗まれてから一定期間内に持ち主から請求があれば返さなきゃならないんですよね？」

「おや、よく知ってるね」

「質屋営業法にあったので……」

烏島には求められていないが、千里はなるべく実務の補助をしたいと思っていた。

「盗品を買い取ると、下手をすればこちらは質草を失い、貸した金も戻ってこない。知らぬ存ぜぬは通用しないんだ」

「今まで、そういうことはあったんですか？」

千里の質問に、烏島はスッと表情を消した。

「――一度だけ」

冷たい声だった。それ以上踏み込むなと、無言の圧力を感じるような。

千里が烏島の変化に臆していると、ブザー音が鳴った。一階の店舗に来客があったことを知らせるものだ。烏島がいつもの柔らかい表情に戻り、千里はほっとする。

「店に出てくるよ。二階にお客が来たら待ってもらって」

「わかりました」

烏島が出て行ってから、千里は壁の頑丈な棚に飾られた数々のコレクションを眺めた。

千里が働く『質屋からす』は少し変わった質屋である。

『あなたの大切なもの、高値で引き取ります』という謳《うた》い文句どおり、客から品物を預かり、または買い取る。そこまでは普通の質屋だ。違うのは市場価値ではなく、烏島自身の価値観によって品を買い取ることだった。おかげでこの二階は烏島のコレクションルームと化している。

接客も査定も烏島がおこなうため、千里の出番はない。それなのに千里が雇われているのは、烏島に特殊な『能力』ごと〝買われた〟からだ。

千里が紅茶のカップを片づけていると、バサバサと紙がこすれ合うような音がした。振り返ると、デスクに置いていた新聞が窓から入った風にあおられ床に落ちていた。

窓を閉めようとデスクの後ろにまわると、電線の上に並んでいるカラスたちと目が合ったような気がした。近くに巣でもあるのか、この店のまわりではよくカラスを見かける。

監視されているような気分になって、千里は窓から離れた。

絨毯の上に落ちていた新聞を畳もうとしたとき『日本人夫妻強殺か』と書かれた見出しに赤鉛筆でチェックが入っていることに気づいた。

南の島の治安の悪い地域で日本人らしき夫婦が殺害されたらしい。荷物がすべて奪われていたことから、強盗目的の殺人で捜査を進めているとのことだった。遺体の損傷が激しく、身元の確認が難航しているとも書かれている。特に珍しくもない事件だ。

なにが烏島の興味を引いたのだろう。不思議に思っていると、烏島のデスクに備え付けてある電話が鳴った。内線だ。

「目黒くん、きみに紹介したい人がいるから下に来てくれるかい」

電話をとると、受話器の向こうから烏島のうきうきしたような声が聞こえてきた。

＊＊＊

商店街の裏通りにある二階建ての古いビルに『質屋からす』はある。

ひびの入ったモルタルの壁に、錆びついた窓の格子戸。一階の引き戸には『からす』の文字が白く染め抜かれた黒いのれんがかかっていた。

質屋の二階の部屋と一階の店舗は直接行き来できないので、いったん外に出て外づけの階段を使わなければならない。

一階は衝立に仕切られた待合室と、事務机、椅子がふたつ、それに冷蔵庫ほどの大きさの金庫を置いている客と商談するための部屋がある。二階の部屋と違って殺風景な空間だ。

「目黒くん。こっちにおいで」

階段を下り、裏口から一階の店舗に入ると椅子に座って客と話をしていた烏島が、上機嫌で千里を手招きした。

「おお、烏島さんが雇った従業員ってのはきみか」

烏島の向こうから、ギョロリとした目が印象的な中年の大男が顔を出した。

「目黒くん、こちらはダストッキューの羽毛鷲《はげわし》さんだ。廃品回収をやってらっしゃる」

「目黒千里です。よろしくお願いします」

「よろしく。悪いねえ、わざわざ下りてきてもらって。烏島さんが従業員を雇ったっていうから、どんな人なんだろうかって野次馬根性出ちゃって」

羽毛鷲はそう言って、ニヤニヤしながら烏島を見た。

「ずいぶん若い子を雇ったもんだねえ、烏島さん。スーツ着てなきゃ学生に見えるよ」

「言わないでやってください。本人は気にしてるので」

烏島が苦笑する。

千里が着ているグレーのジャケットとタイトスカートは就職活動のときに格安で購入したものだ。私服だと学生に間違えられることがあるため、このスーツで働いている。なにより私服よりお金がかからない。

新卒で入った会社をクビになり、叔父に貯金を使い込まれ、住む場所まで失いそうになった経験が、千里の節約癖にさらに拍車をかけていた。

「それにしても羽毛鷲さん、ずいぶん久しぶりじゃないですか」

「ありがたいことに目のまわる忙しさでねえ。トラックを休ませる暇もないくらいさ」

「それは羨ましい。どういう依頼が多いんですか」

「最近は遺品整理やゴミ屋敷の片づけがほとんどだなあ。とにかく年寄りはモノをため込むため込む」

羽毛鷲は大げさに肩を竦める。

「もったいない精神でしょうね。モノを捨てられない世代だ」

「使わないままあの世に行ってしまうんじゃ、意味ないだろうに」

羽毛鷲の言葉に烏島は微笑んだ。

「使う使わないはどうでもいいんですよ。そういう人々はモノを所有し、ため込むことによって精神的な安定を保っているんですから」

「そのおかげでうちの商売が成り立ってるわけだが、なんだかねえ……。ほれ、こっちは烏島さん、あんたの精神安定剤だよ」

そう言って、羽毛鷲は机にダンボール箱を置いた。

「最近は処分おまかせって依頼が少なくてね。ゴミとして焼却するよう指定されることも多いから、なかなかこういうのが出ないんだよ」

「ありがとうございます。ではこれを」

烏島が封筒を渡すと、羽毛鷲は中身を確認し「確かに」と言ってポケットに仕舞った。

「あんたみたいな変わり者がいてくれて、本当に助かるよ」

羽毛鷲は大きな口をニィと歪ませた。

＊＊＊
「不用品回収業者って、質屋と似てますね」

二階の部屋に続く外づけの階段をのぼりながら、千里は烏島の背中に声をかけた。

「モノを買い取るところはね。でもあっちは質屋のように品物を担保に金は貸せない。営業するのに取得しなきゃいけない許可証も違う。あと、客もだ」

「お客さんも？」

「質屋に来る客はモノを金にするのが目的、不用品回収やリサイクル業の客はモノの処分を目的にしてる人が多いね。目黒くん、ドアを開けてくれるかい？」

階段をのぼり切ったところで、烏島が振り返る。千里は烏島の手がダンボールで塞がっているのを見て、慌てて鍵を開けた。ドアを開いて先に通そうとするが、烏島は部屋に入ろうとしない。

「烏島さん？　どうかしましたか？」

「……視線を感じたんだ」

まわりを見渡すが、人の気配はない。動くものといったら、電線の上のカラスくらいだ。

「カラスのですか？」

「彼らじゃないよ。気のせいかな」

首を傾げながら、烏島は中に入る。

「さ、気を取り直してお楽しみの時間だ」

デスクに置いたダンボールを烏島が開ける。

「……烏島さん、どう見てもこれ、私にはガラクタにしか見えないんですけど……」

錆びついたオルゴール、色褪せた刺繍画、髪が抜けた日本人形――箱の中に入っているのは、まさにゴミと呼ぶに相応しいものばかりだ。

「きみの言うとおりガラクタだね。金にならない、リサイクルにも回すことのできないゴミ同然のものたちさ」

「お金にならないものに、お金を払ったんですか？」

「僕は自分が価値があると思ったものには必ず金を払うことにしている。それに世の中、タダより怖いものはないからね」

タダより怖いものはない。千里は大いに同意する。しかし烏島の買い取り基準だけは、いまだに理解できない。こんなガラクタに金を払ったかと思えば、高価なブランド物や貴金属などは査定することもなく拒否したりする。

「ガラクタをわざわざ持ってきてくれるんですか？」

「ダストッキューの羽毛鷲さんはモノをゴミにしないことをモットーにしてる。あとは情報交換が目的かな」

モノが集まるところには情報も集まる——烏島は一階で客から品物を買い取り、二階で常連に情報を売っていた。烏島が好んで買いとるのは、市場価値のないガラクタばかりだ。この質屋の主な収益は一階ではなく二階であげていると千里は踏んでいる。

「それに他人にとってはゴミでも、僕にとってはお宝になりそうなものが紛れ込んでいることがあるんだよ。ああほら、これなんか」

烏島が目を輝かせたのは、女物の赤い靴だった。使用感はほとんどない。

烏島はシャツの胸ポケットから取り出した眼鏡をかけて、靴を確認する。上品な光沢を放つ深紅のサテン。かかとからつま先にかけての優美な曲線には色気のようなものさえ感じる。思わず履いてみたくなるような、そういう靴だ。

「ソールに滑り止め用のスエード革が貼ってある。これはおそらくダンス用のシューズだね。脱げにくいよう、履き口も深くなってる」

烏島の言うとおり、ソールには茶色のスエードが貼られていた。地面に触れない場所には星のような花の焼印が入っている。ブランドのマークだろうか？

「もう片方の靴は？」

「ない。この右足だけだね」

片方しかないのは、靴として致命的な欠陥だ。だからこそ、ゴミとなったのだろう。

「揃ってないのは残念ですね」

「そうかな、片方だけというのもミステリアスでいいじゃないか」

目を細め、手中の靴を眺める烏島は至極楽しそうだ。

「……楽しそうですね、烏島さん」

「楽しいよ。女性の装飾品は面白いからね。男性はモノ自体に執着するけど、女性はモノを含めた思い出や関わった人間に執着する。この靴にもなにか素敵な物語が隠されているかもしれない」

そう言って、烏島は千里に靴を差し出した。なにを求められているかはすぐにわかった。これが千里の質屋での『仕事』だからだ。

「体調は？」

「……大丈夫です」

烏島から靴を受け取り、深呼吸してから目を閉じる。指先に神経を集中させると、ぼやけた映像が細切れに流れ、やがてクリアになった。

——階段……？

千里の脳裏に映し出されたのは、青い絨毯《じゅうたん》の敷かれた階段だった。その下に彫りの深い貌立ちの美しい女性が横たわっている。チョコレート色のふわふわした髪と同色の瞳。黒のワンピース。左足は裸足、右足にはこの赤い靴を履いていた。

本当に、文句のつけようのない美人だ——頭から血を流していなければ。

「……っ！」

持っていた靴を、落としそうになった。目を開けると、異変を察した烏島が千里の顔を覗き込んでくる。

「なにが視えた？」

「……頭から血を流してる女性です……階段の下に倒れていました……」

生きていたのか、死んでいたのかはわからない。

「靴は？」

「右だけ……履いていました。左は裸足です」

烏島は、「そうか」と言うだけだった。

「警察に届けなくていいんでしょうか？」

「それはうちの仕事じゃない。事故でも事件でも、すでに警察が処理してるはずだ。だいたい、なんて言って届けるつもりだい？」

千里は口を噤《つぐ》む。この靴を履いていた女性が血を流して倒れていました？　頭がおかしいと思われるのがオチだろう。

「これが幸福なシンデレラの靴じゃなくて本当によかったよ」

烏島は赤い靴を棚に飾り、うっとりと微笑んだ。

空き巣

『質屋からす』は年中無休である。

店主の烏島は毎日店に出ているが、午前中は客が少ないため、千里は昼から出勤することが多い。

仕事に向かう前に、千里はアパートの一階にある郵便受けを開けた。中に入っていたのはダイレクトメールとたくさんのチラシだ。

叔父の目黒新二《しんじ》からの手紙は、やはりなかった。

新二が借金で夜逃げしてから三ヶ月が過ぎようとしている。いまだ連絡はとれないままだ。両親を亡くしている千里にとって、新二は唯一の肉親である。夜も眠れないほど心配しているわけではないが、こうしてポストを確かめてしまうくらいには気がかりだった。

チラシを折り畳んでいると、手のひらにペタリとなにかがくっついてきた。

「目黒さぁん」

名前を呼ばれて顔を上げると、白髪の女性が箒《ほうき》を持って近寄ってくるところだった。近所に住んでいる大家の唐丸《とうまる》だ。八十を過ぎているが足腰はしっかりしており、こまめにアパートの廊下の掃き掃除に来る。

「こんにちは、唐丸さん」

「こんにちは……あら」

唐丸は千里の手を見て顔を顰《しか》めた。

「もしかしてまた……？」

「……はい、またです」

千里の手は、チラシから垂れてきた甘い匂いのする液体で濡れていた。おそらくアイスだ。それらしき棒もあった。ここのところ、郵便受けにごみを入れられる嫌がらせがちょくちょく起こるようになっていた。

「一階の女子大生も同じような被害に遭ってるって言ってたわ」

「そうなんですか？」

彼女は大学四年生で、確かまだ就職活動中だったはずだ。就職関連の大事な書類が汚れたらさぞかし困るだろう。

「監視カメラをつければいいんだろうけど、うちじゃなかなかね……」

唐丸は皺《しわ》だらけの顔にさらに皺を寄せ、溜め息をつく。千里が大学生のときから住んでいる『止まり木荘』は木造二階建ての古いアパートだ。家賃が安い上に、部屋もすべて埋まっていない。そんな物件に今さらカメラをつける余裕もないのだろう。

「効果があるかわからないけど、注意喚起の貼り紙をしてみるわ。目黒さんはこれからお仕事？」

「はい」

「がんばってね」

唐丸が立ち去ってから、千里は汚れた手を見つめた。

おそらく貼り紙は効果がないだろう。それどころか犯人を面白がらせてしまう可能性の方が高い。

千里はしばらく迷ってから、犯人を『視る』ことに決めた。

モノに触れると過去が視える——それが千里の『能力』だ。

千里が『視る』ことができるのは、モノに関わった人間とそのまわりの情景だ。音や声は聞こえない。

千里の能力は万能ではない。視える映像とそのクオリティが、モノや千里自身の状態によって左右される。

まず、生き物や道端に転がっている石などからは映像を視ることができない。視ることができるのは、人の思念が残った人工物だ。その思念が強ければ強いほど、はっきりと視えるということが最近わかってきた。モノが著しく破損していたり千里の心や身体の調子が悪いときは、まったく視えなかったり、視るまでに時間がかかったりする。

烏島の依頼以外では、千里はなるべく力を使わないようにしてきた。真実を知って、傷つくことの方が多いからだ。

だが、今回は見過ごすことができなかった。千里以外にも被害者がいる。

千里は郵便受けに触れ、目を閉じた。

意識を集中させていると、しばらくして脳裏に人の顔が浮かんだ。その人物は千里の郵便受けにごく自然にゴミを押し入れ、立ち去っていく。音や声は聞こえないが、鼻歌でも歌っているように見えた。

——視るんじゃなかった。

瞼を持ちあげた千里は、鬱々《うつうつ》とした気持ちになりながら、空を仰いだ。

＊＊＊

千里が質屋の外づけの階段をのぼろうとしたとき、電線に並んでいるカラスの姿がないことに気づいた。いつもいるものがいないと、なんとなく不安になる。

そして、すぐにその不安は的中した。

二階の部屋の錠がドアノブごと引き抜かれている。工具を使ったのか、金属製のドアはわずかに歪んでいた。

ドアノブがあった場所にできた穴から中を覗くと、部屋の中央で烏島が立ち尽くしていた。

「……烏島さん？」

千里が部屋に入り声をかけると、細身の身体がふらりと揺れた。振り返ったその顔はいつにもまして青白く、薄い色の瞳はぼんやりとしており、生気がない。

「烏島さん、なにがあったんですか……？」

千里がおそるおそる尋ねると、烏島が口を開いた。

「――泥棒が入った」

千里は耳を疑った。

「今朝方、カラスの知らせがあったんだ」

「……カラス？　虫じゃなく？」

「ああ。来てみたら、このとおりだ」

烏島は手で目のあたりを覆い、ソファに座り込む。

「あの、いったいなにを盗まれたんですか？」

部屋を見渡す限り、ドア以外は荒らされた形跡がない。金庫のある一階だろうか？

「靴だ」

「靴？」

「血濡れのシンデレラ」

千里はハッとして棚を見た。昨日、烏島が飾った場所に、あの赤い靴がない。

「靴だけですか？」

「デスクに置いていたノートパソコンと置時計も持っていかれてる」

「大変じゃないですか！」

置時計はともかく、パソコンには顧客の情報が入っている。

「パソコンには見られて困るような大事な情報は入れていない。バックアップも取ってる。置時計も思い入れのあるものじゃない――それよりも靴だ」

烏島は苛立たしげに髪をかきあげる。

「この部屋に監視カメラは？」

「ないよ。下だけだ」

「えっ、どうしてですか？」

二階には、烏島の買い取った品が並んでいる。そのほとんどは一般人には価値の見出せないようなものばかりだ。が、烏島にとっては大事なものだったはずだ。

「防犯設備は確かに牽制になるが、同時にそこに大事なものがあると言っているようなものだからね。前に泥棒に入られたときも一階だけだった」

烏島が言う。千里は質屋の一階と二階が中で直接行き来できないようになっている理由がやっとわかった。これみよがしに一階に大きな金庫を置いていたのも、すべて二階から気をそらすためだ。

普通なら金庫の中に大金や宝石など、大事なものが入っていると考えるだろう。千里は中を見たことがあるが、あそこには客から預かった、まだ質流れしていない品しか入っていない。おまけに高価なものも入っていなかった。

「……これは完全に僕の手落ちだ」

烏島は手で顔を覆ったまま、溜め息をつく。こんなふうに憔悴した烏島を見たのは、これがはじめてだった。

ふと、千里は自分の手を見つめた。そうだ。カメラがなくても『視る』ことはできる。

千里は立ち上がり、部屋の入口へ向かった。そして部屋の内側からドアに触れる。

「目黒くん？　やめなさい」

背後から烏島の制止の声が聞こえたときには、すでに千里の脳裏に映像が流れ込んでいた。

――なに、これ。

禍々《まがまが》しいもやのようなものを纏《まと》った映像が四方八方からめちゃくちゃに飛んでくる。人、モノ、風景。視えすぎて、なにも視えない。目がまわりそうだった。

「目黒くん！」

強い力でドアから手が引きはがされた。目を開くと、至近距離に烏島の顔があった。

「なにを視た？」

両手を拘束されたまま問われる。千里はその威圧感に驚きながら、首を横に振った。

「わ、わかりません……いろんな映像が次から次へと流れ込んできて、確認する暇もなくて……」

烏島は驚くでもなく、「そうか」と言っただけだった。

「あの、もう一度視てみ――」

「だめだ」

強い口調で遮られた。

「うちの二階にやってくるのはワケアリの客ばかりだ。たぶんそういう人たちの強い情念がこのドアにも溜まっているはずだ。いくら安定して力を使えるようになったとはいえ店で力を使うのは危険だ」

情念——烏島が言うと、シャレにならない。

「店で視るのは僕が許可したものだけにしてほしい。わかったね？」

「……わ、わかりました」

千里が頷くと、烏島はやっと手を離してくれた。掴まれた手首が赤くなっている。千里はそこを擦りながら、デスクに戻ろうとする烏島に声をかけた。

「烏島さん、警察に連絡はしたんですか？」

「警察……？」

烏島が千里を振り返った。烏島は笑っていた。ぞっとするような美しい笑顔で。

「なぜ警察に連絡をするんだい？」

「だって泥棒を捕まえないと……」

「一番大事なことは盗まれたものを取り戻すことだ」

烏島は革張りのデスクチェアに腰掛け、脚を組む。

「犯人がここに入った目的は、あの靴だ」

烏島が断言する。

「パソコンと置時計は目についたからついでに持っていったんだろう。換金しやすい」

「片方しかない靴はお金にしにくいですよ」

「だからだよ。片方しかない靴には価値がない。それをわざわざ盗む理由は？」

片方だけでは価値がない——ハッとしたように千里は烏島を見た。

「……両足揃えるため？」

烏島は頷いた。

「きみの視た映像では、彼女は右しか靴を履いていなかった。左の靴は別の誰かが所有しているのかもしれない」

その人間が犯人である可能性は高い。

「どうして靴がここにあるってわかったんでしょうか」

「羽毛鷲さんがここに来るとき犯人につけられていたんじゃないかな。僕がこの部屋に入るときに人の視線を感じたのも、おそらく気のせいじゃなかった」

烏島は椅子をくるりと回し、窓の外を眺める。電線の上にはいつの間にかカラスが並んでとまっていた。

「……どうやって取り戻すんですか？」

「靴の持ち主を特定するところからはじめよう」

烏島は吹っ切れたような表情をしていた。目には鋭い光が戻っている。

「手段は問わない——犯人への私刑《ぼつ》はそれからだ」

「赤い靴ぅ？　いや、覚えてないね。靴なんて数えきれないほど回収してるし。靴ってのはサイズの関係で売りにくいし、傷んでる場合が多いからほとんどゴミ箱行きさ。烏島さんとこに持ってったガラクタ？　あれは元々ゴミとして処分するものだったから記帳してないんだよねえ。だからいつどこで回収したかもわからないなあ。ま、わかっても顧客情報だから教えられないんだけどね。赤い靴について問い合わせがなかったかって？　俺は知らないなあ。事務の子が出てきたら訊いてはみるけど」

　靴の持ち主を捜すには、靴を回収した人間に訊くのが一番早い。しかし、烏島が羽毛鷺に問い合わせたところ、返ってきたのはそんな心もとない返事だった。

「訊いてみるって言ってたけど、あまり期待はできないだろうね」

　電話を切った烏島は、デスクの上で両手を組み合わせ、悩ましげに溜め息をついた。

　質屋に泥棒が入ってから、一日が経った。ドアの修理は、新しいドアを嵌めこむことですぐに終わったが、防犯設備については知り合いの業者と長時間打ち合わせをしていた。茶を出すときに「カメラはつけたくない」や「生け捕り」というような言葉が耳に入ったが、千里は聞こえないふりをした。

「これからどうしますか？」

「目黒くんの記憶に頼るしかないかな。シンデレラの顔を知っているのはきみだけだ」

「彼女の顔を描けばいいですか？」

烏島がデスクの前に立つ千里の顔を見上げた。

「……いや、絵はやめておこう」

絵の下手くそさは自認しているが、こうもあっさり却下されると辛いものがある。

静かにふて腐れていると、烏島が千里の手を取った。

「……烏島さん？」

「こうしたら、きみが視たものを僕も視れたらいいのに」

千里の手のひらを検分するように眺めながら言う。

「きみの手を切り落として僕にくっつければ視えるかな？」

「こ、こ、こ、怖いこと言わないでください！」

千里が慌てて自分の手を取り戻すと、烏島は「冗談だよ」と笑った。

そのとき、烏島の携帯電話が鳴った。

「もしもし……これは……お久しぶりですね、田中《たなか》さん」

烏島の声が急に明るいものになる。千里は驚いた。

「目黒くん、今日はもう帰っていいよ」

二言三言話して電話を切った烏島が、千里に言った。

「えっ？　出勤してきたばかりなのに」

「悪いね。急な用事が入ったんだ。この件についてはまた明日話そう」

こうして出勤して早々、千里は雇い主から職場を追い出されてしまうはめになった。

＊＊＊

家に戻った千里は、安売りしていたパスタを使って昼食にナポリタンをつくった。

腹を満たすと眠くなる。畳の上に横になると、開いた窓から入ってきた生ぬるい風が頬を撫でた。暦の上では秋になるはずなのに、昼間はまだまだ暑い。

ゴロンと畳の上を転がると、組み立て式の机に置かれた両親の位牌が目に入った。

両親は千里が高校生のとき、交通事故で亡くなった。遺体の損傷は激しく、まだ子供だった千里のかわりに叔父の新二がふたりを確認した。千里は彼らが灰になるまで、とうとう顔を見ることはなかった。そのせいか、死というものに実感がなかった。

だが、千里が己の手を通し『視る』死は生々しい。

「……シンデレラの顔、かあ」

千里は染みのある天井を見つめ、呟いた。

できることなら、思い出したくない。だが手掛かりがない今、千里が靴に触れて見た映像しか身元に繋がる情報がないのだ。

千里は目を閉じ、自分の記憶をたどる。

青い絨毯の上、横たわる身体。力なく伸びた白い手。そうだ——右手の中指に指輪をしていた。

——どんな指輪だった？

千里は記憶に残っている映像に目を凝らす。

女性がつけるものにしてはいかつい。銀色の台座に盾のような形をした黒の紋章がついている。そこに刻まれているのは大きく広げられた立派な翼のモチーフだ。

千里は飛び起きると、鞄から手帳とペンを取り、忘れないうちにその形状を描き残す。

「……これ」

それは、とある学校の校章とそっくりだった。

＊＊＊

日の高いうちに訪れる飲み屋街というものは、どこか活気がなく、まるで色褪せた写真を見ているような気分になる。

千里が緊張しながら雑居ビルにある店のインターホンを押すと、会員制というプレートのかかったドアが開いた。

「んも～、誰ぇ？　まだ準備中なんだけどぉ」

出てきたのは、短い頭髪を虹色に染めた男性——いや、女性と言った方がいいだろうか。

褐色の筋肉質な身体に纏《まと》ったピンク色のシルクのガウンが目に眩しい。

「あの、鳩子《はとこ》さんはいらっしゃいますか？」

「あら、あんたママの知り合い？」

「は、はい。こちらで会う約束をしてて」

虹色の彼女は、無遠慮に千里をじろじろと見つめてくる。

「ママの知り合いにしては地味ねえ。あの人、メンクイなのに」

自分が地味であることはよくわかっているが、この人の隣に並べば誰でも地味になってしまうのではないだろうか。

「虹《にじ》ちゃん？　店の入り口でなにやってんのよ」

レインボーヘッドの向こうから、ハスキーな声が聞こえてきた。

「やだ、千里ちゃんじゃない。待ってたわよ」

気だるげに長い髪をかきあげながら現れた体格のいい美人は、この店、ゲイバー『夜の鳥』のママだ。

「急に連絡してすみません、鳩子さん」

コバルトブルーのワンピースから見える胸の谷間に目を奪われながら、千里は頭を下げた。

鳩子という名は源氏名で、本名は鳩村剛《はとむらつよし》。勇ましい名前のとおり、男性だ。烏島の古い知り合いで、ときどき店に来るため千里も面識がある。烏島に教えてもらうまで、千里はずっと彼を女だと思い込んでいた。

「いいのよ〜。そのつもりで名刺渡したんだし。場所、すぐにわかった？」

「はい」

鳩子とは仕事の関係で何度か顔を合わせているが、店に来たのはこれがはじめてだ。

「ママ、あたし仮眠とってくるわ。時間が来たら起こしてよ」

あくびをかみ殺しながら、レインボーヘッドが言う。

「あら、虹ちゃんマッサージいくんじゃなかったの？」

「お気に入りのコ、指名できなかったのよっ。メスブタに身体触られるなんて、ゴメンだわ！」

虹ちゃんと呼ばれた従業員は、ぷりぷり怒りながら店の奥へと消えていく。営業時間外なのに内股で優美に歩くその姿に千里は感心した。

「こちらにどうぞ」

想像していたよりも、店内は広い。小さいながらも立派なステージや、座り心地のよさそうなソファ席がいくつも並んでいる。鳩子に手招きされ、千里は客席に腰掛けた。

「なにか飲む？」

隣に座った鳩子に訊かれ、千里は首を横に振った。

「いいえ、おかまいなく。すぐに帰りますから」

「ちょっとくらいいいじゃない。お酒飲めるんでしょ？」

「飲めますけど、あんまり強くないんです。それに持ち合わせもないので」

ゲイバーに入ったのはこれがはじめてだ。相場がどれくらいかわからないが、きっと高いに違いない。

「まだ開店前だし奢《おご》るわよ」

「ありがとうございます。でもまだ昼間なので」

千里が固辞すると、鳩子は呆れたような顔をした。

「千里ちゃんってほんと真面目ね〜。そういや今日は仕事休みなの？　まだ昼間だけど」

相変わらず嫌なところを突いてくる人だ。

「……烏島さんに追い出されたんです……大事な用があるからって」

「廉ちゃんにフラれて拗《す》ねてるのね」

「す、拗ねてませんよ」

大事なコレクションを盗まれ憔悴している烏島を心配していたのに、たった一本の電話であの変わりようだ。腹は立っているが、拗ねてはいない。

「冗談よ。で、あたしに訊きたいことって？」

「鳩子さん、鳳凰《ほうおう》学園出身でしたよね？」

血濡れのシンデレラがつけていた指輪に刻まれているのが鳳凰学園の校章だと気づいたとき、千里の頭に浮かんだのはふたりの人物だった。

そのひとりが鳩子だ。

以前、鳩子が母校である鳳凰のブレザーではなく、可愛い女子高のセーラー服を着たかったと言っていたのが印象的で、記憶に残っていた。そこで千里はすぐに鳩子に連絡を取ることに決めたというわけだ。

「そうよ〜。それがどうかした？」

「こういう指輪、知ってますか？」

千里は手帳を取り出し、先ほど家で描いたスケッチを見せた。

「……千里ちゃん」

手帳を覗き込んだ鳩子は、千里に同情するような目を向けてきた。

「……言わないでください。絵心がないのはわかってますから」

「うん……でも指輪って言われたら、ちゃんと指輪に見えたから大丈夫よ」

鳩子の優しすぎるフォローが、かえって辛い。

「これは鳳凰のスクールリングね。卒業記念にもらったわ」

「スクールリング……じゃあ、この指輪をつけてるってことは、鳳凰学園の卒業生ってことですか？」

「そうとも限らないわね」

否定した鳩子に、千里は「えっ」と声を上げる。

「でも卒業記念にもらえるって」

「そうよ。卒業生しかもらえないからこそ、高値で売買されてるの」

「……高価な宝石でもついているんですか？」

鳳凰学園は金持ち校だ。スクールリングとはいえ、十分にあり得る。

「いーえ。指輪の素材自体に価値はないわ。鳳凰学園の卒業生であることに価値があるのよ。あそこに通ってたってことは自分で言うのもアレだけど、家柄、財力、学力、その他もろもろ保証されてるようなものだから。卒業後、自分のステータスを誇示するために指輪をつけてる人間も多いわ。パーティとか商談の場でもたまに見かけるわね」

「鳩子さんは？」

「つけないわよー。そういうので自分を飾り立てるなんて死ぬほどダサイじゃない。それにあたし、服に合わせてアクセサリーは変えたいタイプなの」

そう言う鳩子の指には、ゴールドの華奢なリングが重ねづけされている。着ている服とよく似合っていた。

「あたしはともかく、一部の人間にとってその指輪の需要があるのは確かよ。他人を信用させたり騙したりするには最高のアイテムだからね。金に困った卒業生が売りに出すこともあるわ」

「ということは、卒業生以外も指輪を持ってる可能性があるんですね」

「ええ。でも指輪の内側にはシリアルナンバーが刻まれてるから、それを調べれば本人のものかどうかわかるわね」

「シリアルナンバー？」

「そう。卒業アルバムに載ってるわ」

千里はシンデレラの顔を知っている。彼女が持っていた指輪のナンバーがわかれば、卒業アルバムで身元の照会ができる。アルバムの写真が彼女の顔と一致すれば万々歳。もし別人が映っていたとしても、どういうルートで指輪が彼女の手に渡ったか、調べる手掛かりになる。

「鳳凰の卒業アルバムって手に入りますか？」

「いつの卒業生？」

「それがわからないんです」

女性の纏う雰囲気や服装から、そう昔のことではないような気がした。

「指輪のシリアルナンバーは？　最初の四桁さえわかれば卒業年度もわかるんだけど」

「それもわからないんです……」

鳩子はオレンジ色に彩られた長い爪を口元に当てる。

「うーん、卒業年度がわからないと難しいわね〜。あ、でも鳳凰の図書館には、過去の卒業アルバムがすべて保管されてるはずよ」

「図書館？」

「そ。最近は個人情報の管理が厳しくなってるから、誰でも見られるわけじゃないと思うけど」

千里の脳裏に一瞬、鳳凰学園に通っているもうひとり人物の顔が浮かんだが、すぐに打ち消した。

「一般人が鳳凰学園の中に入るのって難しいですか？」

「難しいと思うわ」

「どうしても卒業アルバムを見たいんです。なんとかなりませんか？」

鳩子が横目で千里を見た。

「方法がないこともないけど」

「本当ですか！」

「準備に少し時間がかかるけどね。あとあたしに頼むなら仕事になるから、お金とるわよ」

鳩子はゲイバーの経営だけではなく、副業で情報屋をやっている。よく鳩子に仕事を依頼している烏島は、本業よりも儲けていると言っていた。その際、鳩子は否定していたが、なまじ嘘でもなさそうだ。

「お金は烏島さんが払うので大丈夫です」

千里はドンと自分の胸を叩いた。烏島のコレクションを取り返すためだ。千里の勝手な決断だが、大目に見てくれるだろう。鳩子は「了解」と言って微笑んだ。

「それにしても千里ちゃんがひとりでうちの店に来るなんて思わなかったわ〜。もしかしてなにかあったの？」

鳩子の勘のよさは、情報屋としてのものだろうか。よく鈍いと言われる千里は、羨ましくなる。

「……質屋に泥棒が入ったんです。烏島さんのコレクションが盗まれちゃって」

「あらまあ。それは廉ちゃん、さぞかしお怒りなんじゃない？」

「はい……取り返すためには手段は問わないって言ってます」

「ふふん、相変わらずね」

鳩子は、ラインストーンで装飾されたシガレットケースから黒い巻紙に巻かれた煙草を取り出し「いいかしら？」と訊いてきた。千里は頷く。

「あの人、モノに対する執着すごいでしょ。人間に対してはまったくっていいほど執着しないってのに」

鳩子の言うとおり、烏島は人ではなくモノに執着する。それも人間の暗部を映し出したような、そんなものばかりを集め、コレクションにしていた。

『金の前に儚く消える絆を見るのは楽しいね』

以前、烏島が言っていた。質屋をはじめる前からそんな考えを持っていたのか、それとも質屋をはじめてからそんな考えになったのか——千里はそれが気になっていた。

「烏島さんが今の仕事をはじめたきっかけを、鳩子さんは知ってますか？」

火のついた煙草をくわえた鳩子が、ちらりと千里を見た。

「それ知って、どうすんの？」

「……気になって」

謎の多い、変わり者の雇い主。とはいえ、普段は冷静で穏やかだ。だが、コレクションを盗まれた烏島には、どこか鬼気迫るものがあった。

「やめときなさいよ」

「え？」

鳩子は天井を見上げ、ゆっくりと煙を吐きだした。

「世の中、知らなきゃよかったってことの方が多いものよ。目の前にできた水たまりにいちいち足突っ込んでたら、靴がいくつあっても足りないわ」

鴨葱

翌日、千里が質屋に出勤すると、そこには上機嫌の烏島がいた。

「……烏島さん、それはなんですか？」

デスクチェアに腰掛けた烏島の手には、千里が使っている包丁よりもひとまわり小さいナイフが握られている。

「知人が帰国してね。僕にお土産を持ってきてくれたんだ」

ナイフの柄の部分には南国の民族工芸のようなカラフルな彫刻が施されていた。刃は曇り、少し錆びている。なにか曰《いわ》くつきのものなのだろうか？

「昨日の電話の方からですか？」

烏島は田中と呼んでいたが、いったいどういう関係なのだろう。愛おしげにそれを見つめる視線に、千里はもやもやした気分になった。

「うん。お土産と言ったけど、元々約束していたものなんだ。先払いでね」

「……先払いで？」

「そう。悪いけど、そこの棚の箱に一緒に入れておいてくれないかな？」

烏島はナイフを布で包み、千里に差し出す。

千里が指定された木の箱を開けると、中には赤い線が引かれた新聞の切り抜きが入っていた。先日、烏島が熱心に読んでいた日本人殺害の記事だ。

「烏島さん。この箱、中に新聞が入っていますけど」

「うん。かまわないからそこに入れておいて」

千里は言われるまま、そこにナイフをおさめた。烏島はそんな千里を見つめ、満足そうに微笑んでいる。やはりご機嫌だ。靴を盗まれたときの憔悴はなんだったのだろう。

「……昨日の大事な用って、これだったんですか？」

烏島はにっこり笑った。

「鳩子さんに聞いたよ。僕に店を追い出されたって拗ねてたんだって？」

千里は頬が熱くなるのを感じた。

「なっ……なんで、それを」

「おまけに僕がお金を払うからと言って、鳩子さんに勝手に仕事の依頼をしたそうじゃないか」

昨日のことが完全に筒抜けになっている。

「……勝手なことをしてすみません」

「謝らなくていい。ただ、僕に金を払わせるからには、きちんと報告してくれ」

「鳩子さんから聞いたんじゃないんですか？」

「きみの口から聞きたいんだよ」

千里は仕方なく、デスクの前に立った。烏島は足を組み直し、千里の言葉を待っている。

「……あの靴に触れたときに視た映像を、分析したんです。靴の持ち主は鳳凰学園のスクールリングをしていました」

「スクールリング？」

「はい。リングは卒業の記念にもらえるもので、内側にシリアルナンバーが刻まれてるそうです。鳩子さんが言うには、その番号は卒業アルバムに載ってるって」

「つまり、卒業アルバムと指輪のナンバーを照らし合わせれば身元がわかるわけだ」

千里は頷いた。

「でもその指輪のナンバーはどうやって調べる？　内側に刻まれてるなら、映像では視えなかったんだろう？」

「靴と一緒に指輪も処分に出された可能性があると思って、ダストッキューの羽毛鷲さんに訊いてみたんですけど、そういう指輪はなかったって」

鳩子の店を出てからすぐ、千里はダストッキューの電話番号を調べ、羽毛鷲に連絡を取った。客に処分を任された場合でも、高価なものや貴金属があれば必ず依頼人に確認をとるらしく、そのような指輪は回収していないとのことだった。

「処分されてないなら売りに出された可能性が高いから、ネットオークションを当たってみたらって羽毛鷲さんに言われたんです」

「ネットオークション？」

「需要が少ないマニアックなものは、ネットオークションの方が売れやすいそうなんです」

リサイクルショップは一般的に人気のあるブランド品等しか買い取らない。スクールリングのような狭い層に需要があるものは、ネットオークションの方が高値がつくそうだ。

「いくつかのオークションサイトにスクールリングが出品されていないか調べました」

千里は鞄から、プリントアウトした指輪の情報を取り出し、デスクに置いた。現在出品されているもの、すでに落札されネット上にキャッシュが残っているものはすべてピックアップした。それらを合わせると全部で十五点になる。

「シリアルナンバーが載っていないものについては出品者に質問しました。八桁のうち最初の四桁がわかれば卒業年度がわかると鳩子さんに教えてもらったので」

卒業年度が判明すれば、かなり対象は絞れる。

「鳩子さんには鳳凰学園の卒業アルバムを見たいとお願いしました。烏島さんに払ってもらうのはそのお金と漫画喫茶の料金です。調べものにそこのパソコンを使ったので」

千里が説明していると、烏島が口元を押さえ、震えはじめた。

「烏島さん？」

気分でも悪いのかと慌てて顔を覗き込む。だがそれは千里の勘違いだった——烏島は笑っていたのだ。

「正直、きみが僕のためにここまでやってくれるとは思わなかったよ、目黒くん」

そう言って目を細める烏島に、千里は真っ赤になった。

「なっ……烏島さんのためじゃありません！　仕事なので仕方なく……」

「仕事？　昨日は午後から休みにしたつもりだったんだけどねえ」

千里はうっと言葉に詰まった。それを見た烏島は、さらに笑みを深くする。

「きみ、鳩子さんに仕事を頼んだだけじゃなく、僕が今の仕事をはじめたきっかけを訊いたそうだね」

千里はギクリとして烏島を見た。

「僕がいないところで、詮索されるのは正直いい気持ちはしないいな」

「すみません……どうしても気になって」

千里が謝ると、烏島はじっとこちらを見つめてきた。

「どうして気になるの？」

「……自分でもよくわかりません」

烏島のことなら、なんでも知りたいと思う。仕事をはじめたきっかけだけでなく、好きなもの、嫌いなもの――どんな些細なことでもいい。

「ふうん……もうちょっと色気のある答えを期待してたんだけどね」

「色気？」

「いや、なんでもないよ」

烏島は苦笑した。

「あら、ドアが新しくなったのね」

艶やかな声に千里が振り返ると、黒いパンツスーツに身を包んだ鳩子が部屋に入ってくるところだった。

「鳩子さん？」

「千里ちゃん、昨日ぶりね」

鳩子は千里にウィンクしてから、烏島に目をやった。

「廉ちゃん、泥棒に入られた割には元気そうじゃない」

「ええ。いいことが重なりましてね」

柔らかく微笑む烏島に、千里はなんだか落ち着かない気分になった。

「残念だわあ。あたしが慰めてあげようと思ったのに」

「気持ちだけで十分ですよ。それは例の？」

烏島が鳩子の持っている大きな紙袋を指さす。

「そうよ。千里ちゃん、鳳凰の卒業アルバム見たいって言ってたでしょ？」

「わざわざ持ってきてくださったんですか？」

グッドタイミングだ。千里が受け取った紙袋をのぞくと中にアルバムは入っていない。

「あの鳩子さん、これは……？」

「鳳凰学園に入るための小道具を準備してきたのよ」

鳩子は千里の持つ紙袋から、中身を取り出した。

「制服よ！　靴下も靴も学校指定のものを用意したわ。ＩＤカードもあるから安心して！」

応接テーブルに次々と変装アイテムを並べていく鳩子に、千里は目を剝《む》いた。

「まっ、待ってください！　これ、私が着るんですか？」

「あたりまえでしょ。廉ちゃんやあたしが着れるわけないじゃない」

「私だって着れないですよ！　無理があります！　もしバレたらどうするんですか？」

千里はこれでも二十二歳だ。女子高生に化けるには無理がある。

「大丈夫！　千里ちゃんはすぐにバレるような柔な童顔してないから！」

「フォローになってませんよ、鳩子さん！」

千里は泣きそうになりながら、烏島を見た。

「もしバレたら趣味だとでも言えばいいんじゃないかな。くれぐれもこの店の話は出さないでくれよ」

笑顔の烏島から出たのは、非情な宣告だった。

「烏島さん、ひどいです……！」

「はは、冗談だよ。バレることがないように手は回してあるから安心して行っておいで」

どんな手を回しているのかわからないが、まったく安心できない。バレた場合、即刻不審者扱い、悪くすれば通報されてしまうかもしれない。

「でも……」

それに鳳凰学園にはなるべく近づきたくない――どうしても関わりたくない人物がいるからだ。なかなか決心がつかない千里の前に、烏島が立った。

「目黒くん、きみの働きに期待しているよ」

骨ばった美しい手で肩をポンと叩かれて、千里の心はグラリと揺れた。

＊＊＊

守衛にＩＤカードを見せ、校門を通り抜けた千里は、緊張で走りだしたくなるのを堪え、ゆっくりと歩いた。

鳳凰学園は初等科から高等部まで擁する名門の進学校だ。当然、敷地も広い。初等科から通っている生徒には庭のようなものだろうが、千里のような一般人には迷宮そのものだ。

休日の昼過ぎを狙ったのは、補習や部活で生徒の出入りが不規則なためだ。教師と生徒の数も少ないので、今の自分の姿を人目に晒さずにすむ。

学校指定のシャツとネクタイ。膝上のプリーツスカートと黒のハイソックス。いつもひとつにまとめている髪は、普段の自分から少しでも印象を変えるためにおろした。

『目黒くんが今まで着ていた服の中で一番似合ってるんじゃないかな？』

『似合ってるけど、今どきの女子高生って発育いいから逆に浮きそううね』

制服に着替えた千里を見た烏島と鳩子の反応は失礼極まりないものだった。

とりあえず、なるべく早くミッションを遂行し、この制服を脱ぎたい。

鳩子から教わったとおりのルートを早足で歩いていると、突然横から伸びてきた手に口を塞がれた。そのまま校舎の影に引きずり込まれる。

「——大きな声を出すな」

暴れようとした千里の耳に、聞き覚えのある低い声が落とされた。驚いて背後を仰ぐと、そこには楽しそうにこちらを見下ろす男の顔があった。

「そっ、宗介《そうすけ》さん？」

口から手を引きはがした千里は、上ずった声で言った。

「久しぶりだな、千里」

宗介が切れ長の目を細めて笑う。

七杜《ななもり》宗介は烏島の『二階の客』だ。平安時代までさかのぼれる名家の生まれで、さまざまな分野で事業を展開する七杜グループの御曹司である。

そして——千里の能力を知っている数少ない人間のひとりでもあり、千里が関わりたくないと思っているもうひとりの鳳凰学園の人間——高等部の在校生だ。

この夏、宗介が烏島に依頼した人捜しの件が終わってから顔を合わせていなかったのだが、まさかこの最悪なタイミングで再会することになるとは思わなかった。

「こ、こんなところでなにしてるんですか？」

「それはこっちのセリフだろ。あんたこそ、うちの制服着てなにやってんだ？」

千里は血の気が引くのを感じた。

「鳳凰学園は関係者以外立ち入り禁止だ。それなのに入れたってことはＩＤカードも偽造したんだろ。守衛や教師にバレたらどうなるか——」

「みっ、見逃してください……！」

千里は必死で頼み込む。

「どーするかなあ」

「お願いです、宗介さん！」

宗介がちらりと千里を見た。

「俺の条件を飲むなら見逃してやるよ」

金持ちのお坊ちゃんの出す条件とは何だろう。千里はごくりと唾を飲む。

「……どんな条件ですか」

「俺にまたメシつくれ」

どんな無理難題を吹っ掛けられるのかと戦々恐々としていた千里は、拍子抜けした。

「……そんなことでいいんですか？」

「そっちこそ、いいのか？」

「宗介さんがよければいいですけど……口に合わなくても文句言わないでくださいよ」

一度成り行きで宗介にカレーを振る舞ったことがあるのだが、甘口派の宗介は辛口派の千里のカレーを我慢して食べていた。

「じゃ、決まりだ。行くぞ」

満足そうに微笑んだ宗介は、千里の手を引いて歩きはじめた。

「宗介さん？　どこへ行くんですか？」

「図書館だ。卒業アルバムを見たいんだろ？」

その言葉に、千里は自分が宗介に嵌められたことを悟った。宗介はすべてを知っていたのだ。千里は摑まれていた手を振りほどく。

「……宗介さん、あなたどこまで知ってるんですか？」

「烏島がシンデレラの靴を探してるってところまでだ」

烏島が手を回していると言ったのは宗介のことだったのか——千里は唇を噛んだ。烏島は千里が宗介と距離を置こうとしていることを知っている。前もって名前を出せば、千里が宗介の手を借りることを拒否すると思い、黙っていたのだろう。

『手段は選ばない』

烏島の言葉が蘇る。千里は宗介だけでなく烏島にも嵌められたことを知った。

「やっぱり俺のこと、烏島から聞いてなかったんだな」

千里の表情を読んだ宗介が笑う。

「あの店、辞めたくなっただろ」

「……辞めませんよ」

「利用されてるってのに？」

宗介は千里が烏島のもとで働いているのが気に入らないらしく、なにかにつけてこういうことを言ってくる。

「雇い主が従業員を利用するのは当然でしょう。烏島さんから話を聞いているなら、早く図書館に連れていってください」

宗介はつまらなそうな顔をしたあと、千里に「ついてこい」と背を向けた。

鳳凰学園の図書館は、街の図書館よりも立派だった。レトロな石造りの外観には歴史が感じられる。

「場所は聞いてるんだろ?」

図書館から少し離れた場所で足を止めた宗介は、千里を振り返った。

「はい」

「俺が先に入る。あんたは少し時間を置いて入ってこい」

どうして宗介が時間をおけと言ったのか、千里は図書館に入ってから理解した——中にいる生徒の目は宗介に集まり、誰も千里には目もくれなかったからだ。

流れるような黒髪と切れ長の目。宗介は確かに美形だが、顔だけがいい人間なら他にもいる。彼の存在を異にしているのは他者を圧倒するような雰囲気だ。四つも年下だというのに、たまに怖いと思うことがある。普段は態度の大きな子供にしか見えないのだが。

とにもかくにも宗介のおかげで、千里は人目を気にすることなく図書館の中を移動できた。本を探しているふりをしながら書架のあいだを抜け、前もって鳩子に教えてもらった部屋に向かう。まわりに人がいないことを確認してからドアを開けようとすると、鍵がかかっていた。

「どけよ」

振り返ると、いつの間にか宗介がいた。場所を譲ると、宗介は持っていた鍵でドアを開ける。

「その鍵は？」

「司書から借りたんだ。信用ある優等生の俺をありがたく思えよ」

この態度でどうやって信用を得ているのかさっぱりわからないが、助かっていることは事実なので反論はしない。

薄暗い部屋の中に入ると、ホコリ臭い匂いが鼻をついた。

「卒業アルバムはこっちだ」

宗介に案内された大きな棚には、立派な装丁を施されたアルバムがずらりと並んでいた。

「……すごい量ですね」

「それなりに歴史がある学校だからな」

千里は鞄から指輪のナンバーを控えた書類を取り出した。

「アレ、やるのか？」

「え？」

顔を上げると、宗介が渋面をつくっていた。

「だから力を使うのかって訊いてんだよ。あんた、それをすると体調が悪くなるだろ？」

千里は意表を突かれた。宗介がそんな些細なことを覚えているとは思わなかったからだ。

「今日は使いませんよ」

「……そうかよ」

「はい。それに最近は力を使っても前みたいに気分が悪くなることが少ないんです」

以前は力を使うたびになっていた貧血が軽くなった。生活が安定し、生理不順が治ったせいかもしれないが。

「それにしても烏島からシンデレラを探してるって言われたときは、気でも狂ったのかと思ったぜ」

「……正確にはシンデレラじゃなく、彼女の靴を探してるんです」

細かいことだが、訂正しておく。

「まあ、アイツは王子様って柄じゃないしな」

「そうですね。どっちかっていうと宗介さんの方が王子様タイプじゃないですか？」

烏島は王子様というより、魔法使いという雰囲気だ。まだ宗介の方が、王子様役が似合いそうだ。口が悪いのでお姫様を泣かせそうだが。

「宗介さん？」

返事がないのを不思議に思い宗介の方を見ると、なぜか顔を逸らされた。

「どうかしましたか？」

「どうもしねえよ。さっさと終わらせろ」

「……？　わかりました」

棚から抜き出したアルバムは意外に重い。この部屋に机や椅子はないようなので、床に広げて確認する。宗介は千里の隣に胡坐《あぐら》をかき、手元を覗き込んでくる。前にも宗介と同じようなことをしたなと思いながら、千里はアルバムの写真と指輪のシリアルナンバーを照らし合わせる作業を開始した。

写真は曲者だ。その写りで別人に見えることがある。慎重に指輪のナンバーと写真を確かめていくうちに、千里が『視た』女性と似ている人物を見つけた。

「――この人かも」

つい先日、落札された指輪の持ち主だ。化粧っ気もなく制服を着ているのではっきり断言できないが、似ている。念のためすべての指輪の持ち主の写真を確認したが、他に似た人はいなかった。

名前は戸田《とだ》カレン――二年前、鳳凰学園を卒業している。

「……戸田印刷のひとり娘だな」

ぽつりと宗介がこぼした。驚いたのは千里だ。

「宗介さん、彼女のこと知ってるんですか？」

「ああ。俺が面識があるのは父親の方だけどな」

「彼女が今どうしているかわかりますか？」

まさか宗介の知り合いだとは思わなかった。千里が宗介に訊くと、宗介は難しい表情をして口を開いた。

「――彼女は事故で亡くなってる」

瀟洒《しょうしゃ》な洋風の家から出てきたのは、ピンク色のワンピースに身を包んだ若い女だった。胸には真っ白な小型犬を抱いている。

「――どちらさま？」

「七杜宗介です」

宗介が挨拶すると、女が表情を一変させた。

「まあ七杜さん。申し訳ありません、すぐに気づかなくて。主人はまだ帰ってないんですけど……」

「今日は戸田社長じゃなく、お嬢さんにお線香をあげさせてもらいたくて伺ったんです」

微笑みながら、しかも丁寧な言葉づかいで会話する宗介に千里は驚いた。しかし一番驚いたのは、姉妹と言っても通用しそうなこの女性が、カレンの母親だということだった。

「七杜さん、あの子をご存じでしたの？」

「いえ。僕の友人が戸田先輩と親しくさせてもらっていたんですよ」

そう言って、宗介は隣にいる千里の背中を押した。

「きゅ、急にお邪魔してすみません。戸田先輩にはお世話になったので、どうしてもご挨拶したくて」

強い視線で促され、千里は打ち合わせどおりの台詞を口にする。女は千里の全身を見て、愛想よく頷いた。

「どうぞ上がって」

「失礼します」

すました顔で中へ入っていく宗介の背中を見つめながら、千里は溜め息をついた。

戸田家を訪ねようと言い出したのは、宗介だった。

宗介の話によると、戸田カレンは最近事故で亡くなったらしいが、死因など詳しいことはわからないという。そのため、直接家族に訊きに行こうという話になった。

烏島に靴の持ち主が判明したことを電話で報告し、戸田家に行く許可を得たところまではよかったのだが、制服のまま行動することになったのには閉口した。宗介に制服を着ていればカレンの家族に怪しまれないと言われたからだが、千里はカレンよりも年上だ。絶対にばれると拒否したのだが、宗介はなぜか自信を持って「大丈夫だ」と太鼓判を押した。結果的にカレンの母親には鳳凰学園の後輩だと信じてもらえてホッとしたが、千里の心中はかなり複雑だ。

仏壇に飾ってあった戸田カレンの写真は、千里が『視た』女性と一致した。

線香をあげると、千里と宗介はカレンの母親にリビングに招かれた。社長の家らしく、広々とした空間だ。ソファはふかふかで座り心地がよかったが、白とピンクで統一された内装は少し落ち着かない。

「コーヒーを淹れてきますから、待っててね」

母親がリビングを出ていってから、千里は隣に座っている宗介に目をやった。

「ずいぶん若いお母さんですよね」

「本当の母親じゃないからな」

小声で宗介が答える。

「元々は戸田社長の愛人だったんだよ。数年前に前妻が死んで再婚した」

どうりで似ていないはずだ。ふたりとも美人だが、カレンは大人っぽい貌立ち、母親の方は可愛らしい貌立ちをしている。

「戸田社長は無類の女好き、それも若い女限定で有名だ。あの母親だって娘のカレンとはひとまわりも離れてないはずだぜ」

「宗介さん、人の家庭事情をよく知ってますね……」

「そういう下世話な話は嫌でも耳に入ってくるんだ」

そう言いながら、宗介が千里を見る。

「それより俺を連れてきて正解だったろ？」

「……そうですね」

怪しまれることなく家に入れてもらうことができたのは、制服だけでなく宗介のおかげも大きい。

「ラベルっていうのは大事なんだよ。今着てる制服だって、鳳凰のスクールリングだってそうだ」

「七杜という名前もですか？」

名乗っただけで態度が変わる。それを目の当たりにした千里は、宗介の背負っているものの大きさを垣間見た気がした。

「……そうだな」

宗介は否定しなかった。しかし、その横顔はひどく寂しげに見えた。

「宗介さ——」

「ごめんなさいね、お待たせしちゃって」

千里の言葉を遮るように、カレンの母親がコーヒーとクッキーを運んできた。テーブルに並べられるそれらを見ながら、宗介が一緒でなければ出てこなかっただろうなと千里は思った。

「戸田先輩はいつ亡くなったんですか？」

母親が犬を抱いて向かいのソファに座るのを待ち、千里は尋ねた。

「二ヶ月前に。主人の要望で家族だけで葬儀を済ませたの」

「事故だったとうかがったんですけど……」

「ええ。階段から足を滑らせて」

階段から足を滑らせた——千里が視た映像と状況が一致する。

「自宅でですか？」

「いいえ、薄雪荘っていう会員制の社交クラブでよ」

千里は忘れないよう脳内にメモする。

「亡くなったときは、ひとりだったんですか？」

「私もよく知らないのよ。応対したのは主人だし。ここだけの話、主人からあの子の事故については話すなと言われているの。変な憶測を招きたくないからって……私が喋ったことは秘密にしてね」

母親が鮮やかな唇の前で人差し指を立てる。そうやって隠す方が変な憶測を呼びそうな気がするのだがと思いながら、千里は頷いた。

「あの、戸田先輩、赤い靴を持っていませんでしたか？　サテンの地で、ソールに花の刻印が入った……もしかしたら亡くなったときにも履いていたんじゃないかと思うんですけど」

視た、とは言えないので曖昧にぼかして説明する。

「ああ、それなら検視が終わったあとに戻ってきたわ。片方だけだけど」

「もう片方は？」

「さあ……見つからなかったみたいね」

興味がなさそうに母親は答える。

「戻ってきた靴はどうしました？」

「あの子の持ち物はすべて業者に頼んで処分してもらったの。その靴も一緒に引き取ってもらったと思うわ」

業者とはダストッキューのことだろう。それが烏島の質屋に回ってきた。

「全部整理するなんて、思い切りましたね。亡くなったばかりなのに」

それまで黙って話を聞いていた宗介が口を開いた。その口調は柔らかかったが、言葉に棘《とげ》を感じる。カレンの母親は決まり悪そうな顔をした。

「ええまあ……四十九日も終わったし、キリがいいと思って。あの子の持ち物が目に入ると、主人が悲しむの」

目に入ると故人を思い出してしまうのはよくわかる。だがいくら父親とはいえ娘の持ち物をすべて把握しているわけではないだろう。すべて処分するには、まだ少し早すぎるような気もした。

「ねえ、あの子のダンスシューズ、もしかして価値があるものだったのかしら？」

そう質問する母親の目は、ギラギラと光っているように見えた。

「どうしてですか？」

「この前も、形見としてあの子の赤いダンスシューズが欲しいって、同じ社交クラブの女の子がうちを訪ねてきたのよ」

千里は目を見開いた。

＊＊＊

「継母。階段。片方の靴——彼女が本当にシンデレラだったとはね」

戸田カレンの家から戻った千里が一部始終を報告すると、烏島は嬉しそうに笑った。

「話はわかった。ところで、なんで宗介くんもここにいるのかな？」

来客用のソファでくつろいでいる宗介に、烏島は視線を向けた。

「おまえが大事なものを盗まれたって聞いて陣中見舞いにな」

「冷やかしの間違いじゃないのかい？」

宗介は烏島を睨みつける。

「協力者にその言い方はないだろ、烏島」

「僕がきみに頼んだのは目黒くんを図書館に案内してもらうことだけだったんだけどね。僕の許可なく従業員を連れ回すのは遠慮してもらえないかな」

「相変わらず過保護だな」

鼻白む宗介を無視し、烏島は千里に視線を戻す。

「目黒くんも予定外の行動をとるときは連絡を入れなさい」

「……すみませんでした」

千里が謝ると、烏島はふっと表情を和らげた。

「でも靴の持ち主を特定できたことはすばらしい。よくやったね」

「あ……ありがとうございます」

ストレートな褒め言葉に千里が口元を緩めると、ソファの方から舌打ちが聞こえてきた。

それに気づいた烏島が、思い出したようにポンと手を叩く。

「ああ、そうだ。宗介くんにもお礼をしなきゃいけないね」

「礼は千里からもらうから気にするなよ」

烏島が怪訝な目で千里を見る。

「目黒くん、どういうことだい？」

「あ……いろいろあって、宗介さんにご飯をつくることになってしまいまして……」

しどろもどろになって説明すると、烏島は呆れた顔をした。

「またきみは軽率にそんな約束を……」

「……すみません」

正確には嵌められたのだが、宗介の協力がなければ図書館には入れなかった。戸田家でスムーズに話を聞くこともできなかったのだから、結果オーライだ。

「材料費は僕が持とう。給料も上乗せするよ」

「本当ですか！」

食費が浮く上に給料も上乗せしてもらえるとは最高だ。目を輝かせる千里とは反対に、宗介は不満そうな顔をした。

「なんで烏島が金を出すんだよ」

「当然だろう。目黒くんに『時間外労働』させるわけだからね」

ふたりの間に漂う冷たい空気に、千里は逃げ出したくなった。いいかげん女子高生の格好も終了したい。

「あの、私ちょっと着替えを……」

千里が小声で切りだすと、両方向から視線が刺さった。

「まだ話は終わってないよ、目黒くん」

「逃げてんじゃねーぞ、千里」

ふたりの声がみごとにハモる。いつか鳥島は宗介と自分自身を北風と太陽にたとえていたが、本当は仲がいいのではないだろうか。

千里は仕方なく、話をカレンの件に戻す。

「あの、カレンさんのスクールリングって誰が出品したんでしょうか？」

カレンの母親は業者に頼んで遺品をすべて処分したと言っていたが、スクールリングはネットオークションに出ていた。

「そうそう、カレンのスクールリングの出品者から、別のものを落札してみたんだ」

鳥島は新しく購入したノートパソコンを操作し、千里に見せる。

「口座名義は……ヤマザキシオリ？」

千里のつぶやきに反応したのは、宗介だった。

「戸田カレンの継母の名前も確かシオリだ」

「ということは、この口座は結婚前の旧姓のものだな。連絡先の住所も、きみたちがさっき行った家になってる。ツメが甘いな。身元を隠すつもりなら徹底的にやらないと」

烏島は少々ずれた指摘をしながら、彼女の出品リストをモニターに表示させる。ずらりと並ぶのは、ブランド物のバッグやアクセサリーなどだ。

「最近になってスクールリングをはじめ、若い女性に人気のあるブランドのアクセサリーやバッグをたくさん出品してる。おそらく亡くなったカレンのものだ」

「金になるものは売り飛ばして、金にならないものは処分、か。亡くなったばっかりだっていうのによくやるぜ」

吐き捨てるように言った宗介に、千里はギクリとした。千里はかつて亡くなった両親の結婚指輪を生活のために質入れしようとした。結果的に烏島には買い取ってもらえなかったが、そこに罪悪感のようなものはなかった。

「それは仕方ないよ、宗介くん。話を聞く限り、戸田カレンと継母は複雑な関係だったようだし」

口を噤んだ千里のかわりに、烏島が答える。

「モノを処分するのは、想像よりも労力がかかるものだ。親しくもない人間のものなら、なおさら面倒だろう。モノを売って金にするのは、別に悪いことじゃない」

「やけに肩を持つな、烏島」

「肩を持ってるわけじゃないさ。そういう人間がいてくれないとうちは商売あがったりだからね。そうだろう、目黒くん？」

烏島に水を向けられて、千里は慌てて「はい」と返事をした。宗介の視線が刺さるが、気づかないふりをする。

「まあ、この継母が靴に関わってないことは確かだろう。気になるのはもう片方の——左の靴の行方だ」

烏島はそう言いながら、ノートパソコンを閉じる。

「事故後の混乱で紛失したか、誰かが持ち去ったか——赤い靴を形見にしたいと訪ねてきた女性が気になるな。母親と面識は？」

「ないみたいです。名前も名乗らなかったって……業者に頼んで靴を処分したことを伝えたら、お線香もあげずに帰っていったそうです」

「彼女は戸田カレンの形見がほしかったわけじゃなく、赤い靴がほしかったようだね」

烏島の言うとおりだ。本当にカレンの『形見』がほしかったのなら、線香くらいはあげて帰るだろう。

「その女性が社交クラブの会員っていうのは、間違いないのかい？」

「社交クラブの会員バッチをつけていたそうです」

カレンも同じバッチをつけていたので間違いないと母親は言っていた。ふむ、と烏島は顎を撫でる。

「さっきダストッキューの羽毛鷲さんから連絡があったんだけど、事務員の子が赤い靴について問い合わせの電話を受けていたらしいんだ」

「電話の相手は女性ですか？」

「いや、男だそうだ。羽毛鷲さんが僕のところに持っていく予定にしていたから売約済みだと答えたら、すぐに電話は切れたらしい」

カレンの靴を探している人間が少なくともふたりいる——ひとりは女、もうひとりは男。質屋から靴を盗んだのも、そのどちらかなのだろうか。

「彼女は本当に事故で亡くなったのかな」

烏島がぽつりとこぼした言葉に、千里は目を丸くした。

「どういうことですか？」

「いろいろ調べたんだが、あの事故はまったく表沙汰になっていないんだ」

烏島はデスクの上に積みあげていた新聞記事のファイルをトントンと叩いた。

「事件性がなかったからじゃないですか？」

「事件性がないなら、どうして戸田カレンの父親は事故について話すなと自分の妻にわざわざ口止めするような真似をしたんだろう」

確かにそれは引っかかる。

「それにしても、社交クラブなんて大時代的なものが今も存続しているとはね……」

烏島は溜め息をついた。

「社交クラブって何をするんですか？」

「さあ。僕たち庶民には縁のない特権階級の集まりなんじゃないかな」

烏島は千里の疑問に曖昧に答えてから、ちらりと宗介に目をやる。

「戸田カレンが所属していた薄雪荘という社交クラブだけど、その実態は不明なんだ。入会方法もわからない」

「実態が摑めないのは会員を募集してないからだ」

唐突に口を挟んだ宗介を、千里と烏島は驚いたように見つめる。

「あのクラブは、オーナーの誘いがないと入れない」

「どうして宗介くんは知っているんだい？」

烏島の質問に、宗介は無表情で答えた。

「——俺の妹がそこの会員なんだよ」

烏島は、身を乗りだした。

「宗介くんの妹さんが？」

「ああ。今年入会したらしい」

そう言う宗介の表情はどこか冴えない。

「年はいくつだったかな」

「十六だ」

腹違いの妹と弟がいると、千里は宗介から聞いたことがあった。一緒には住んでいないと言っていた。本妻の子である自分とは違い、父親の愛人の子供だから——と。

「薄雪荘のオーナーは旧華族の末裔だ。クラブは男子禁制。古き良きレディの育成を掲げて会員を集めてる」

「オーナーの誘いがいるってことは、誰でも入会できるわけじゃないんだね」

「ああ。だが、家柄や金で選んでいるわけでもないらしい。オーナーが奉仕活動に熱心で、会費をとらない特待生枠も設けてる」

烏島は「特待生枠か……」と腕を組んだ。

「宗介くんの妹さんはお父様の指示で入会を？」

「いいや、あいつの意思だ。親父はそういう特権階級を餌にしたコミュニティが嫌いだからな」

宗介の家は名門中の名門だと聞いていたので、そういう集まりを嫌うとは意外だった。

「宗介くん。きみから目黒くんがそこに入会できるよう、そこのオーナーに口利きしてもらうことはできるかな？」

「烏島さん？」

烏島の口から出た頼みに、千里は目を剥いた。

「無理だ。あそこはコネが通用しない」

「妹さんの入会に七杜の名の影響がまったくなかったわけではないだろう？」

烏島が言うと、宗介が嫌そうな顔をした。

「宗介くん自身も薄雪荘について詳しくは知らないようだし、この機会に内情を掴んでおいた方がいいんじゃないかな？」

「……どういう意味だ」

「妹さんと同じ社交クラブの会員が亡くなってる。その父親は事故について話さないよう妻に口止めをしてる。気にならない？」

　薄雪荘が一般人は入れない場所だとしたら、靴を盗んだのは、内部の人間かもしれない――そして、その持ち主である戸田カレンは死んでいる。

「――条件がある」

　しばらくの沈黙ののち、宗介は言った。

「なにかな？」

「千里を貸せ。社交クラブに入会させるなら準備が必要だ」

　その言葉にぎょっとしたのは千里だ。

「宗介さん？」

「どのくらい？」

　そう訊いた烏島に、千里はさらに驚いた。

「五日間だ。夕方から数時間、うちのマナー講師の元へ通ってもらう」

「わかった」

「か……烏島さん？　待ってください！」

　自分抜きにすすめられていく話に、千里は非難の声をあげる。

「行ってくれるね、目黒くん」

　有無を言わせない烏島の口調に、千里は仕方なく頷いた。

高嶺の花

「――着いたぞ」

宗介に言われ、千里は車の後部座席から降りた。

「ここは……？」

平日の夕方、学校帰りの宗介のお抱え運転手の車に乗ってやってきたのは、美しく剪定《せんてい》された生垣に囲まれた本瓦葺きの屋敷だった。立派な数奇屋門の表札には『七杜』とあるが、千里が以前潜入捜査でお邪魔した七杜の本家ではない。

「マナー講師の家だ」

あとから車を降りた宗介が言う。

「立派ですね」

「昔、祖父が使っていた別宅なんだ」

「別宅って、何のための？」

「……愛人を囲ってたそうだ」

愛人――千里は真顔になった。カレンの継母といい、最近はこんな話ばかりだ。まさかマナー講師とは、宗介の祖父の愛人なのだろうか。

「少し待っていてくれ」

宗介は運転手に言い、門をくぐる。千里は宗介についていきながら、大きな溜め息をついた。

「なんだよ、まだ拗ねてんのか？」

振り返った宗介にそう問われ、千里はハッとした。

「す、拗ねてませんよ！」

「そうか。てっきり大事な靴のために烏島に人身御供《ひとみごくう》にされたことを根に持ってんのかと思ったんだけどな」

ニヤリと笑う宗介が憎らしい。

「そういえば千里。おまえ特技はあるのか」

「特技？　……節約料理とかですね」

「……資格はなんか持ってるか」

「英検三級持ってます。あ、資格じゃないですけどワードとエクセルも使えますよ」

宗介はがしがしと頭をかいた。

「いいか。面接を受ける前に付け焼刃でもいいから、最低限のマナーを身につけておく必要がある」

千里は目を見開いた。

「面接って？　入会できるよう口添えしてくれるんじゃないんですか？」

「俺が直接口添えすることはできない。カサネの個人的な紹介ってことにしてある」

「カサネさんが？」

カサネは七杜家に長く勤める使用人頭だ。以前、仕事で七杜家に使用人見習いに入ったとき世話になった。心も身体もふくよかな女性だ。

「カサネは顔が広いんだよ。七杜家の使用人頭としても名が通ってる。社交クラブのオーナーとも面識がある。今回、あんたはカサネの古い知り合いの娘、って設定で面接に行ってもらう」

「どうして宗介さんじゃなく、カサネさんなんですか？」

「七杜家の総意ととられちゃまずいからだ。ただでさえ、あの社交クラブについて親父はよく思っていない」

「でも、妹さんは入会してるんですよね？」

宗介の理屈は通らない。すでに社交クラブと関わりを持っているではないか。

「……あいつは七杜の人間じゃないからな」

「え？」

「まあ、それはいい。とにかく受かるかどうかはあんた次第ってことだ」

自分次第――受かる自信がまったくない。

「もし受からなかったらどうすれば……」

「だからこれから受かるようにするんだろうが」

門から続いていた飛び石が終わる頃、美しい漆喰の壁と御影石の敷居、千本格子の引き戸が目を引く玄関が見えた。

そこに立っていたのは、美しい少女だった。

耳の下あたりで切りそろえられた髪は柔らかな栗色。アーモンド形の大きな目は長い睫毛に縁どられている。華奢な身体を包むワンピース型の制服は、お嬢様学校と名高い女子校のものだ。身長は千里と同じくらいだが、千里よりも顔が小さく手脚が長い。人形のようだ。

「お久しぶりです、お兄さま」

お兄さま、という言葉に、千里は思わず宗介と少女の顔を見比べた。和の雰囲気を纏う宗介に対し、少女は洋の雰囲気だ。ふたりとも目を引く貌立ちだが、似ていない。

「……ああ。半年ぶりか？」

「いいえ。お正月以来なので、九ヶ月ぶりです」

少女の声は表情と同じくらい冷え冷えとしている。

「妹の汀《なぎさ》だ。こっちは目黒千里。電話で話したろ？」

宗介が紹介する。

「……こんにちは、目黒千里です」

千里が挨拶すると、汀から観察するような視線を向けられた。あまり好意的ではないそれに、千里は冷や汗をかく。

「千里、汀がおまえの先生だ。これから五日間、社交場の基本的なマナーを叩き込んでもらえ」

「ええっ？」

「入りたい社交クラブの人間に習うのが一番だろ？」

そうは言っても、相手が宗介の妹となると、かなりやりにくい。

「お兄さまもご一緒されますか？」

汀が尋ねると、宗介は珍しく言いよどんだ。

「……悪いが用事がある。この礼はまたさせてもらう」

「いりません」

宗介が言い終わらないうちに、汀が返事をした。

「そういうわけにはいかないだろ。なにかほしいものがあるなら――」

「私の本当にほしいものを、お兄さまがプレゼントするのは不可能です」

宗介相手にこれほど攻撃的な目を向ける人間を千里ははじめて見た。

「……そうだな」

怒るかと思いきや、宗介はただ頷いただけだった。そして千里に向き直る。

「千里。終わる頃にまた車をやる」

「あ……はい」

宗介は背を向け、立ち去った。よそよそしいふたりの態度。千里は兄弟がいないのでわからないが、こんなものなのだろうか？

「千里さん」

宗介の背中を目で追っていると、厳しい声で名前を呼ばれた。

「時間がもったいないわ。行くわよ」

こちらを値踏みするような、そして警戒するような態度は、知り合ったばかりの頃の宗介を千里に思い出させた。

長い五日間になりそうだ――千里はこっそり溜め息をついた。

＊＊＊

屋敷の中は和の外観とは異なり、洋風の内装になっていた。

千里が通された客間は美しい板張りで、大きな窓からは庭が一望できる。白いクロスがかかった丸テーブルには薔薇の花が描かれたティーポットとカップ、そして銀色のケーキスタンドがセッティングされていた。レースを縁どったような三段のプレートには、きゅうりのサンドウィッチ、きつね色の焼き色がついたスコーン、クリームや果物の色が鮮やかなペイストリーがそれぞれのっている。

用意してくれたのは屋敷の使用人である中年の女性ふたりだ。愛想がなく、千里が礼を言っても、ほぼ無反応だった。

「私の教え方が悪いのかしら？　それともあなたの覚えが悪いのかしら？」

そして今、千里は一緒に席についた美少女から厳しい視線を向けられていた。

「背筋が曲がってるわよ。もっと顎を引いて」

「ティーカップはハンドルを片手でつまむように持つのよ。カップは絶対に両手で持たないで」

「食べる順番はサンドウィッチ、スコーン、ペイストリーよ。席についた全員がそれぞれを食べ終えるまで次のお皿にうつらないで」

「フードをつまんだ手でカップに触れないで」

社交クラブの面接は、お茶を飲みながらおこなわれることもあるらしい。それくらいなら問題なくこなせるだろうと思っていたのだが、甘かった。千里の一挙一動に、細かく注意が飛んでくる。お茶を飲み、お菓子を食べることがこんなにも疲れることだとは思わなかった。

「マナーを覚えるのも大事だけど、どれだけ優美に、どれだけ自然に振る舞えるかが大事なの。もっと緊張感を持って、指先まで意識して」

「は、はい」

相手が十六歳であることを忘れるほどの威圧感だ。千里は心の中で感心しながら、サンドウィッチを手元の皿に移す。スタンドから取ったものを直接口に入れるのはＮＧらしい。

「あ、おいしい」

甘味のあるパンに、さっぱりしたきゅうりとバターの風味がよく合う。

「せ、す、じ」

汀に指摘され、千里は慌てて背筋を伸ばした。なにかに気を取られると、別のことがおろそかになってしまう。

「クラブでもこんな風によくお茶をするんですか？」

少しこの場に慣れてきてから、千里は汀に尋ねた。

「入ってから確かめればいいでしょう。面接で受かればの話だけど」

汀は少し意地悪な物言いをする。千里が小さくなりながら紅茶を飲んでいると、「千里さん」と澄んだ声で呼びかけられた。

「あなた、どうして薄雪荘に入りたいの？」

千里はギクリとした。潜入先となる社交クラブに汀がいる以上、仕事でとは言えない。

「レディになるための教育を受けることができると聞いたので花嫁修業がてら……」

「お兄さまと結婚するために？」

千里は飲んでいた紅茶を吹きだしそうになった。

「そっ、宗介さんとはそんな関係じゃありません！」

「じゃあどういう関係？」

「どういうって……ただの知り合いです」

雇われている店の上客であり、それ以上でもそれ以下でもない。

「だいたい宗介さんはまだ高校生ですよ。結婚なんて先の話でしょう？」

「七杜家の子供なら、生まれたときから結婚の話は出てるわ」

千里は絶句した。

「……それは……汀さんもですか？」

「私は七杜家の人間じゃないから」

千里は「え」と目を瞬かせた。

「私の名字は七杜じゃなくて、八木《やぎ》」

「でも表札は――」

「七杜家の教育を受けるために、ここに住まわされてるだけ。愛人の娘だから本家には住めないの」

汀は自嘲するように笑った。

「お兄さまは気をつかって言わなかったんでしょうけど、母親が違うの。顔も似てないでしょ？」

汀はカップをソーサーに戻すと、返事に窮した千里をじっと見つめる。

「目黒さんの家ってどういう家？」

「……築二十年の木造アパートですけど」

千里が答えると、汀は呆れたような顔をする。そういう表情は宗介そっくりだ。

「違うわよ。家庭って意味」

「普通の家庭でしたけど……」

一般的な家庭だったと思う――ただ、千里が普通ではなかっただけで。

「伝統や歴史はある？　もちろんいい意味での」

「そんなものありませんよ」

「なら無理ね」

汀は自分のカップに片手で茶を注ぎながら、きっぱりと言い切る。ティーポットの蓋は押さえてはいけない。千里は今日汀から教わって、はじめて知った。

「もしクラブに入会できたとしても、七杜家に入るのは無理。いいところ愛人止まりよ」

十六歳の少女が口にするには生々しい言葉に千里は困惑した。

「道端に生えた花にどんなに栄養を与えたって『高嶺の花』にはなれないの」

その小さな呟きは、紅茶の湯気に紛れて消えていった。

＊＊＊

「おかえり」

宗介の手配してくれた車で店に戻ると、デスクにいた烏島が笑顔で千里を出迎えた。

「……ただいま帰りました」

基本、烏島は店から出たがらないので、外の用事は千里がこなす。戻ってくるたびにかけられるこの言葉が、家族のいない千里にとっては面映ゆく、ありがたいものだった。

「烏島さん、なにをしてるんですか？」

鞄を置いてから、千里はパソコンに向かっている烏島に尋ねた。

「オークションサイトを見てまわってたんだ。便利だね。こういうものが欲しいとリクエストを出せるところもある」

「……靴を探してたんですか？」

もし犯人が質屋の靴を盗み両足揃えたのなら、売りに出す可能性もある。

「いや。撒き餌《まえ》をしてるんだよ」

「撒き餌って？」

「目黒くんはネットオークションを利用したことがあるかい？」

烏島は千里の質問には答えず、逆に質問をしてきた。

「一度、使わなくなった家具を売ったことがあります」

大学生のとき、友人に教えてもらい、ネットオークションを利用した。家具はリサイクルショップの引き取り価格より高く売れた。だが、入札はしたことがない。オークションを使ってまで欲しいと思うものがなかったからだ。

「烏島さんは？」

「この間、出品者を調べるために落札したのがはじめてだよ。写真と文章だけではどうも食指が動かない。モノの向こう側にいる人間が見えないというのも面白みに欠けてね」

「面白みって？」

「持ち主の不幸な物語を、僕は直に触れて読み取りたいんだ」

モノを見る前に人を見る——それが質屋の鉄則だと、千里がここに来たばかりの頃、烏島は語っていた。

「……烏島さんは物欲があるようでないんですね」

烏島はきょとんとした表情で千里を見る。

「僕は常に物欲しかないよ」

「でも純粋にそのモノが欲しいわけじゃないでしょう」

カレンの靴をはじめ、烏島が買い取った数々のモノは背景に烏島の興味をそそるような過去や感情がある。恨み、嫉妬、欲望——人の闇の部分を具現化したようなモノを烏島は求めている。

「さあ、どうだろうね……お茶を淹れようか」

烏島はパソコンを閉じると、千里にソファに座るよう言いデスクを立った。なんだかはぐらかされたような気がする。

「ところで、マナーレッスンはどうだった？」

茶器を用意しながら烏島が尋ねてくる。

「……疲れました。お嬢様って大変ですね」

初日である今日はアフタヌーンティーのマナーを習ったが、座る、立つ、歩く、そんな単純な所作にも注意が飛んできた。お茶を飲むだけでこうだったのだから、明日からのレッスンが思いやられる。

「お疲れさま」

「ありがとうございます」

烏島からティーカップを差し出され、千里は礼を言って受け取った。アップルティーだ。汀のところで飲んだお茶もおいしかったが、千里は烏島が淹れてくれるお茶が一番好きだった。

「でもまさか、宗介さんの妹にマナーを教えてもらうとは思いませんでした」

「妹？」

「はい」

烏島は「ふうん」と考え込むように自分のカップに口をつける。どうやら宗介から聞いていなかったようだ。

「なら社交クラブの話は聞けたかい？」

「なにも話してもらえませんでした」

あのあともクラブについていくつか質問したのだが、「入会してから」と拒絶された。

「妹さんはどういう子？」

「烏島さん、知ってるんじゃないですか？」

宗介と汀の父親は烏島の二階の顧客だ。

「話は聞いているけど、会ったことはないんだ。表舞台には出てこない。なんせ『隠し子』

だからね」

隠し子——嫌な響きの言葉だ。

「……宗介さんのお父さんは、汀さんの母親とは結婚されてないんですね」

「おや、どうして知ってるんだい？」

「彼女の名字が七杜ではなかったので……」

宗介の祖父の別宅に住んでいるというので、汀本人の口から聞くまで七杜という名字だと思いこんでいた。

「子供を遺すためだけの関係だったと聞いてる。宗介くんの母親は身体が弱くて、子供をひとりしか産めなかった。七杜の血を絶やさないよう愛人との間につくったのが、宗介くんの腹違いの妹と弟だ」

「母親と弟さんの姿は見かけませんでしたけど……」

今日あの家で見かけたのは、汀とふたりの使用人だけだ。

「弟さんはまだ小さいらしくてね。母親と母方の実家で一緒に暮らしているそうだよ」

「……どうして汀さんだけあそこで暮らしてるんですか？」

いくら汀が大人びているとはいえ、まだ十六歳だ。母親が必要な年齢だろう。

「宗介くんの父親が母親の元から引き取ったんだ。あの屋敷で使用人から七杜家の教育を受けさせている。美しい娘は将来『使える』からね」

千里は顔を顰めた。

「現代の話とは思えません」

「昔ほどあからさまにやらなくなっただけさ。家業にメリットのある婚姻と、子孫を遺すことはいつの時代も重要だ――長い家系図を持つ家は特にね」

烏島はそう言いながら、自分の紅茶に口をつける。

「弟さんも大きくなったら、七杜の教育を受けさせるために、母親のもとから引き取られるんですか？」

「どうだろうね。娘はいいとして、息子は争いの火種になる。七杜の跡取りはあくまでも宗介くんだ。宗介くんのお父上はそのあたり、かなりシビアだよ」

宗介は以前、自分の父親のことを『利己主義者』と言っていたが、自分自身の利益ではなく家の利益を追求しているという。宗介もいずれ、その考え方を受け継ぐのだろうか。

『七杜家に入るのは無理。いいとこ愛人止まりよ』

そう言った汀の横顔を思い出す。

『家』というものが、人によってはまったく別の意味を持つことを、千里は思い知らされた気がした。

薄雪荘

薄雪荘は旧華族の末裔であるオーナー、華柳満《はなやなぎみつる》が運営する会員制の社交クラブだ。入会できるのは十六歳から二十四歳までの独身女性のみ。淑女となるためのマナーや心得などをさまざまな活動を通して学んでいくという。

活動場所は、かつて華柳一族が社交場として使っていた洋風の豪奢な邸宅だった。華柳邸は市街地から離れた静かな場所にある。近くにバスも電車も走っていないため、千里は質屋からタクシーを使った。

車を降りるときには、料金は経費で落ちるとわかっていても怯《ひる》んでしまう額になっていた。立派な門を抜け、敷地内の緩やかな坂を五分ほどのぼると、青々とした木々に囲まれた大きな屋敷が見える。

白亜の壁、真鍮の細工を施した窓枠や照明には、単なる豪邸ではない、歴史を感じさせる風格があった。

「最近は少し秋めいてきて、過ごしやすくなりましたね」

そう言って微笑むのは、オーナーの華柳だ。

年齢は五十過ぎ。白いものが交じりはじめた髪を綺麗に撫でつけている、スーツの似合う紳士だ。旧華族ということで千里はもっと高慢な男性を想像していたが、実際に会うと穏やかで感じのいい男性だった。

麗らかな午後、千里は社交クラブの面接で華柳邸を訪れていた。

最初、本館にある華柳の書斎でアフタヌーンティーをいただきながら、世間話をした。

その際、なにげなく一挙一動をチェックされていた気がしたが、落ち着いて振舞うことができたのは汀の厳しいレッスンのおかげだろう。その後、華柳から「庭を案内します」と言われ、散歩に連れ出された。

「もう少しすれば今はまだ青い木々の葉も色づいてきて、とても綺麗ですよ。春や秋はよくここでガーデンパーティーを開くんです」

「素敵ですね」

散歩道に沿うように植えられている薔薇の花を見ながら、千里は華柳の説明を異世界の話を聞くような気持ちで聞いていた。なにを聞いてもどこを見ても、「お金がかかってそう」という感想しか出てこない自分の感性に、千里は溜め息をついた。

「お疲れですか？」

「え？　いいえ！　ちょっと別世界に来たような気分になってしまって」

千里が慌てて否定すると、華柳は笑った。

「華族制度が廃止になったとき、曽祖父がこの邸宅を手放さないですむよう奔走しました。おかげで屋敷は建てられた当時のままの姿で残っています」

しばらく歩いていると、大きな木の陰に隠れるようにして建っている建物が見えた。壁には蔦が這い、かなり古びている。

「あの建物は?」

「使用人の宿舎です。現在、住んでいるのは数名ですが」

宗介の家に行ったときも使用人の宿舎があった。これよりはもっと綺麗だったが。

「そしてあれが『薄雪荘』です」

華柳は庭の奥まったところにある建物を指さした。白亜の壁の建物は、本館の屋敷よりも少し小さい。まわりは木々に囲まれ、外部からの視線をシャットアウトしている。

「ダンスホール、ゲストルーム、遊戯室――客人をもてなすための館です。本館と同じアールデコ調の建築様式で建てられています」

「社交クラブの名前はあの建物から?」

「ええ、そうです。普段は立ち入り禁止なんですが、中をご覧になりますか?」

「はい」

薄雪荘に向かって歩いている途中、華柳が急に足を止めた。

「紫《むらさき》!」

華柳の視線の先――庭の水場近くのベンチに黒いロングワンピースを着た女性が座っていた。華柳は早足で女に歩み寄る。

「ここでなにをしているんだ。ひとりで外に出るなと言っているだろう?」

「ごめんなさい。いい天気なので外の空気が吸いたくなって……」

紫と呼ばれた女は、小さな声で謝った。

彫の深い華やかな貌立ち——はじめて会う女性なのに、見覚えがあるような気がしたのはなぜだろう。長い髪は編み込んでシニョンにまとめてある。手には美しい刺繍が施された日傘を持っていた。庭の雰囲気と相まって貴婦人という雰囲気を漂わせている。

「早く部屋に戻りなさい」

「……はい」

紫は千里に頭を下げてから、ゆっくりとした足どりで本館の方へ戻っていった。華柳はその姿を見送ってから、千里の元へ戻ってきた。

「失礼しました、目黒さん」

「いえ。あの、彼女は……？」

「あれはうちの社交ダンス講師なんですよ」

ダンス講師という言葉に違和感を抱く。華柳の態度からは、まるで子供に対するような過保護さを感じた。千里は華柳の左手を盗み見る。

その薬指には銀色の指輪が嵌まっていた。結婚しているのだとしたらあれくらいの娘がいてもおかしくない。千里は詮索したい気持ちをぐっと抑えた。まだ面接は終わっていない。

「目黒さんはダンスの経験は？」

「いいえ、ないんです」

「パーティに社交ダンスは欠かせません。初心者でも彼女のレッスンを受ければ踊れるようになりますよ」

華柳はそう言いながら、薄雪荘の扉に鍵をさし込む。千里は息をのんだ。

――あの花だ。

立派な金属の錠に花の刻印が刻まれていた――カレンの靴のソールにあったものと似ている。

「目黒さん、どうかされましたか？」

華柳に声をかけられ、千里はハッと我に返った。

「錠の花の彫刻が綺麗だなと思って……」

千里が言うと、華柳は嬉しそうに笑った。

「よく気づいてくださった。薄雪荘という名は花の薄雪草――エーデルワイスの和名からきているんですよ」

「……エーデルワイス」

「ええ。ドイツ語で『高貴な白』という意味です。さあ、どうぞ」

玄関ホールは広く、立派な応接セットが置いてあった。それを取り囲むように両脇に青い絨毯が敷かれた階段がのびている。

――カレンさんが亡くなっていた場所に似てる……。

だが華柳がいる手前、確かめることはできない。

後ろ髪を引かれながら、華栁についていて廊下を進むと、目の前に広い空間が広がった。

吹き抜けになった天井は高く、豪奢なクリスタルのシャンデリアや、繊細な彫刻が施された木製の建具が空間を彩っている。天窓から差し込む光が、飴色に輝く床を美しく照らし出していた。

「ここが貴族たちが社交場として利用した歴史あるダンスホールです。今は年に一度、パーティのときのみ解放しています」

「すごいですね……」

ホールを取り囲むのは、バルコニー席だ。千里がそれを見上げながら感嘆の声をもらすと、華栁は微笑んだ。

「不躾な質問ですが、目黒さんは高校生のときにご両親を亡くされているそうですね」

「はい、交通事故で」

「親戚は？」

「……叔父がいたんですが、失踪中で」

両親もおらず、自慢できるような資格もない。旧華族の社交クラブに入会するには不利ではないかと思ったのだが、烏島からは偽らず本当のことを言うようにと命令されていた。隠さなければならないのは、仕事で潜入していることのみだ。

「それはご苦労されたことでしょう」

「……はい」

金銭面では苦労することもあったが、精神面ではかなり楽になった。両親が生きていたときは、千里の能力をめぐって諍《いさか》いが絶えなかったからだ。

「うちの社交クラブは、会費のかからない特待生枠を設けているんです。あなたのような女性のために」

華柳は慈愛に満ちた表情で、優しく千里に語りかけた。

「薄雪荘の活動理念はね、男性に選ばれる『花』を育てることなんですよ」

「花?」

「今の世の中、女性の自立や、男性に依存しない生き方がもてはやされていますが、結局のところ女性のステータスを決めるのは、どれだけいい男性に選ばれるかだ」

今の時代、公の場で発言すればかなり問題になりそうな発言に、千里は眉を寄せた。

「どんなに素晴らしい仕事に就いて高い収入を得ていても、結婚や出産をしていなければ女性失格の烙印を押されるんですよ。他の誰でもない、同じ女性によってね」

「……私はそんなことをされた経験はないですけど」

千里が言うと、華柳は困ったように肩を竦めた。

「あなたはまだ若いから、そういう抑圧を感じていないだけですよ。もう少し年を重ねれば、いずれわかるようになります。男に選ばれない花に向けられるのは、憐れみと同情だ」

華柳はそう言って、ホールの中央へと歩いていく。

「名もなき花を高嶺の花へ——私はあなたのように、美しく咲ける可能性を持ちながら、後ろ盾のないせいで咲けずにいる女性の力になりたいんです」

そう言って、華柳は微笑んだ。

「目黒さんにもぜひ、薄雪荘の一輪に加わっていただきたい」

＊＊＊

「――エーデルワイスの刻印？」

薄雪荘を出た千里は、華柳に呼んでもらったタクシーの中で烏島に電話をかけた。

「はい。建物の錠に入っていた花の刻印が、カレンさんの靴のソールにあったものと似ていました」

「ということは、あの靴は社交クラブ関連のものなのかな。ちょっと調べてみよう」

社交クラブの名前と一致する花の刻印――確かに調べてみる必要がありそうだ。

「ところで面接は？」

「受かりました。特待生枠で」

千里が言うと、「おめでとう」と感情のこもっていない声が返ってきた。

「驚かないんですか？」

「華柳氏の経歴について調べてみたんだ。宗介くんの言うとおり、社会奉仕活動に熱心なお方でね。児童養護施設の理事長も務めている――わかるだろう？」

わかるかと訊かれれば、わかる。身寄りのない自分は、レディとしての可能性を見込まれて、というより、華柳の奉仕精神をくすぐって入会できたわけだ。少し複雑な心境だった。

「きみは彼の同情を引ける。特待生として会員にしてもらえるだろうと思った」

「……烏島さんが私にスーツで行けと言った理由が今わかりました」

汀には面接には綺麗な格好で行くよう口を酸っぱくして言われていたのだが、烏島からはいつものスーツで行けと言われた。安物のスーツはさぞかし華柳の目にみすぼらしく映ったことだろう。

ひととおり報告を終えると、烏島から直帰していいと言われた。運転手に店から自分のアパートに行き先の変更をお願いしようとした千里は、ふと思いつき、鞄から手帳を取り出した。

「すみません、行き先を変更したいんですけど」

千里は運転手に声をかけた。

それから二十分ほど走った頃、タクシーは立派な門の前に停車した。千里は運転手に少し待ってもらうように頼み、車を降りた。

数寄屋門を抜け、美しい引き戸の横にあるインターホンを押す。しばらくして出てきたのは、眼鏡をかけた中年の女だった。何度か会話をかわしたことがある、この屋敷の使用人だ。

「こんばんは。汀さんはいらっしゃいますか？」

「汀さまは取り込み中ですわ」

不機嫌そうにそう言われ、千里は怖気づいた。元々愛想がある方ではなかったが、マナーレッスンに通っているときに、ここまで冷たい態度をとられたことはなかったからだ。

「あの、電話で許可はもらったんですが」

つい先ほど屋敷に電話をすると、女性が出た。到着時間と用件がすぐ済むことを伝え、訪問の許可を得ていたのだが、伝わっていなかったのだろうか？

「私はなにも聞いておりませんけど」

「他の方が電話を受けてくださったのかも――」

「かかってきた電話はすべて私を通すように言ってあります。間違えて他のところにおかけになったんじゃありません？」

彼女の中では自分のところに連絡がきていなければ、どれだけ客が主張しようとなかったことになるらしい。

「礼儀作法を学びに通ってらっしゃった割にはまったく身についておりませんのね。教師が教師なら生徒も生徒ですわ」

自分だけならまだしも、汀まで貶《おとし》めるような言い方に驚き、そして腹が立った。

「出来が悪いのは私のせいであって、汀さんのせいじゃありません。電話がなかったと決めつける前に、確認することが大事なんじゃないでしょうか？」

「なんですって？」

眼鏡の奥の細い目が、千里を睨みつける。

「電話ならあったわよ」

女の肩越しに、奥の階段から汀が下りてくるのが見えた。制服ではなく、薄い黄色のワンピースを着ている。

「な……汀さま」

振り返った使用人の女が上ずった声を出す。汀はそれを一瞥し、口を開く。

「紺野《こんの》さんが電話に出て、私に伝えにきたのよ。あなたもその場にいたんだから知ってるはずでしょう？」

「も、申し訳ありません……勘違いしていたようですわ」

女は引きつった笑みを浮かべ、「失礼します」と言って奥に消えてしまった。

「あの人、どうして嘘なんか……」

玄関に取り残された千里は首を傾げた。

「機嫌が悪いとよくこういうことをするの。現場を押さえたのはこれがはじめてだけど」

なんでもないことのように言う汀に、千里は絶句した。機嫌が悪いと汀の客を追いかえす？　因果関係がまったくない。

「それより、なにしにきたの？」

「あ……さっき面接を受けてきて、薄雪荘に入れることになったんです」

千里が言うと、汀は不審者でも見るような目をした。

「……あなた、まさかそれを報告しに来たの？」

「はい。お礼を言いたくて。ありがとうございます」

この五日間のうちに、汀には食事のマナーを中心に、立ち居振る舞いをいろいろと教えてもらった。おかげで華柳とお茶を飲んだ際も慌てることなく応じることができたのだ。

「……お兄さまから頼まれたからよ。あなたのためじゃないわ」

「受かったのは汀さんのおかげなので」

千里が笑うと、汀はすいと顔を背けた。

「よく言うわよ。そのペラペラのスーツで面接に行ったんでしょう？　私のアドバイス、聞いてないじゃない」

「すみません。でもこれしかマシな服がないんです」

スーツを着ていったのは烏島に言われたからだが、マシな服がないというのは本当だ。よそ行きの服といえば、このスーツと喪服くらいである。

「……ちょっとここで待ってて」

汀はそう言って二階に上がり、しばらくしてからブランド物の紙袋を抱えて戻ってきた。

「これあげる。クラブに着ていきなさい」

汀が千里の胸に紙袋を押しつける。中を覗き込んだ千里は、目を見開いた。

「汀さん、これ」

「今、この瞬間からあなたと私はなんの関わり合いもなくなるから。いいわね？」

「え？　……どういうことですか？」

わけがわからず問い返した千里に、汀は冷たく言い放った。

「薄雪荘で顔を合わせても、私には絶対に近づかないで」

ぴしゃりと閉じられた戸を前に、千里は呆然と立ち尽くした。

レディ・カースト

面接の翌日、千里が呼び出されたのは、華柳邸本館の三階にあるオーナーの書斎だった。大きな窓からは昨日散歩した庭を見渡すことができる。広い部屋には執務机と猫脚の優美な応接セットが置いてあった。

いくつかある会員規約の中で最も重要視されるのは、クラブに不利益になるような情報を外にもらさないことだった。もし違反が判明した場合、強制退会になる。規約に同意した上で署名をすると、正式に薄雪荘の会員として迎えられる。

「ようこそ、薄雪荘へ」

千里が署名を終えると、机の向こうから大きな手が差し出された。この邸宅の主であり、社交クラブのオーナーである華柳満だ。白髪交じりの髪を綺麗に撫でつけ、仕立てのよさそうなスリーピースに身を包んでいるその姿から『元華族』のオーラを感じる。

「よろしくお願いします」

千里が手を握り返すと、華柳は柔らかく微笑んだ。

「申し訳ないが、私は予定があるのでこれで失礼します。クラブについての詳しい説明は彼女から聞いてください」

華柳の視線を追って振り返ると、見覚えのある女性が立っていた。

「ダンス講師の相葉《あいば》紫です」

黒のレザーのパイピングが袖や襟に施された、上品なオフホワイトのジャケット。黒いAラインのロングスカートは床につくほどの長さだ。髪はひとつにまとめあげ、クラシカルな雰囲気を漂わせている。ピンク色の口紅で彩られた唇はふっくらと肉厚で、同性である千里でもドキリとするような色気があった。

「では、あとは頼んだよ」

華柳は席を立つと、紫に言った。

「七時には戻る。それから一緒に夕食をとろう」

「はい。お気をつけて」

紫が微笑むと、華柳は愛おしげにその頰を撫でる。それはあきらかに雇い主とダンス講師という関係を越えた接触だった。千里は思わず紫の左手を見る。薬指に指輪は嵌まっていなかった。そのかわり中指に紫色の大きな石がついた指輪が輝いている。本物の宝石だろうか、と思わず失礼なことを考えてしまった。

華柳が部屋を出ていってから、紫は平然とした顔で執務机についた。

「こちらが薄雪荘の会員証になります」

黒いベルベットのケースが目の前に置かれた。蓋を開けると、エーデルワイスの花を模《かたど》った銀色のブローチが入っていた。大きさは百円玉ほどで、花弁の中央にはパールが嵌め込まれている。カレンの靴を形見にしたいと戸田家を訪ねた女性がつけていたというバッチは、おそらくこのブローチのことだろう。

「こちらは退会するときに必ず返還していただくことになります。くれぐれも紛失しないように」

「はい」

千里は『豚に真珠』という言葉を思い浮かべながら、ブローチを受け取った。普段はおしゃれに縁がない生活を送っているが、こうして間近に装飾品を見ると、やはり心が浮き立つ。

「千里さんは、社交ダンスははじめてなんですね」

汀もそうだが、この社交場では相手のことを、名字ではなく名前で呼ぶ慣習があるらしい。慣れていないせいか『目黒さん』と呼ばれるよりも『千里さん』と呼ばれる方が、距離を感じる。

「薄雪荘では年に一度、大きなパーティがあるんです。そこではダンスが欠かせないので、パーティダンスが踊れるようレッスンを受けていただきます」

「はい……」

自信のなさが声に現れていたのか、紫が微笑んだ。

「心配しなくても練習さえすればすぐに踊れるようになりますよ。こちらが千里さんのダンスシューズです」

紫が白い箱をテーブルの上に置いた。

「面接のときに記入してもらったサイズのものを用意しました。合わないようなら、またおっしゃってくださいね」

箱を開けて、千里はドキリとした。中に入っていたのは赤いダンスシューズだった。カレンのものと似ている。だが、ソールにエーデルワイスの刻印はなかった。かわりに、メーカーらしき名前の印字が入っている。

「……会員のダンスシューズはいつもクラブで用意してくださるんですか？」

「ええ」

カレンの靴には花の刻印があった。彼女はあの靴をどこで手に入れたのだろう。

「レッスンの予定を組みますので、都合のいい日時を記入してください」

紫から渡された予定表を見て、千里はふと気になっていたことをたずねることにした。

「ダンス講師は紫さんだけなんですか？」

「ええ。私ではご不満でしょうか？」

困ったように言う紫に、千里は慌てた。

「すみません、そういうつもりで言ったんじゃないんです。ただ他にもいらっしゃるのかなと思って……」

「そう言えば、私の経歴を説明してませんでしたね。どうぞこちらへ」

紫は席を立つと、書斎を出た。案内されたのは、すぐ隣の部屋だ。あとについて中に入った千里は、その華やかさに息をのんだ。

「あの、ここは？」

「私の部屋です」

　赤を基調にした部屋には、美しいアンティークの家具が置かれていた。花の刺繍が入った布張りのソファとティーテーブル。大きな鏡のついたドレッサーには美しい入れ物に入った香水や化粧品が並んでいる。書き物をする机やキャビネットには、花の繊細な彫刻が施されていた。奥の部屋に続くドアは開かれており、そこから天蓋付きのベッドが見える。

「こういうものを自分から見せるのは気が引けるんですけれど……」

　紫が指し示した壁の飾り棚には、数々のトロフィーや表彰状が飾られていた。すべて社交ダンスコンテストのものだ。優勝、入賞など、輝かしい成績が並んでいる。

「……すごいですね」

　千里が感嘆の声をもらすと、紫は微笑んだ。

「私も昔はここの会員だったんです。でも足を怪我して競技ダンスからは離れることになって……二十歳のときなので、もう八年も前になりますね。リハビリ後、華柳さんのすすめでダンス講師になる勉強をして、今に至ります」

　寂しそうな横顔に、千里はどんな言葉をかけていいかわからなくなってしまった。

「本館を案内します」

　気まずい空気を変えるように、紫が言った。

＊＊＊

本館の青い絨毯の敷かれた長い廊下を、千里は紫について歩いた。聞こえるのはカラスの鳴き声くらいのもので、まるで美術館の中にでもいるような静けさだ。

格子窓からは夕日に照らされた庭園と、木々に隠れるように建っている薄雪荘が見える。

「ここが食堂です」

一階の庭に面した部屋には、映画で見るような長いテーブルが置いてあった。

「小さなパーティや会食などはここで開かれます」

「紫さんは毎日ここで食事をしているんですか？」

「華柳さんがいらっしゃるときはここで。ひとりのときはお部屋でいただいています」

この空間をふたりで使う。かなり贅沢だ。

「こちらが図書室です」

一階の端にある部屋の中をのぞくと、背の高い立派な本棚が並んでいた。他の部屋に比べ広さはなく本の数も少ないが勉強ができるような机などもある。

「別名反省室」

「反省……ですか？」

「ええ。子供の頃、オーナーは叱られるとここに閉じ込められたそうですよ。本館の人通りのない場所にあるので、泣いても誰も来てくれなかったと言っていました」

紫はそう言って、ドアを閉めた。他の部屋は中に入ったが、紫はそこにだけ入ろうとはしなかった。どんな本があるか見てみたいなと思っていたので、少し残念だ。

「食堂、図書室、ダンスレッスン室、これから行くティーサロン以外は、別館の薄雪荘を含め、許可なく立ち入ることを禁じています。ご注意ください」

「わかりました」

ひととおり建物内を見た千里は、カレンが亡くなったのは、薄雪荘の階段ではないかと考えていた。立ち入り禁止ということなので、どうするべきかと頭を悩ませる。

「こちらが会員が集まるティーサロンです」

紫が扉を開ける。そこは三十畳ほどの広い空間だった。高い天井からはシャンデリアがぶら下がっている。そのまわりでは十数人の女性たちがそれぞれ三、四人のグループに分かれ、ソファに座って話をしていた。

「今日から新しく会員になった目黒千里さんです。みなさん仲良くしてあげてくださいね」

紫が声をかけると、テーブルでおしゃべりに花を咲かせていた女性たちはちらりと千里を見て、「はい」とにこやかに返事をした。

「千里さん、またレッスンでお会いしましょうね」

「あ、はい。ありがとうございました」

紫が出ていってから、千里は部屋を見回した。だが、みな自分たちの会話に戻っていて、千里には見向きもしない。先ほどのにこやかな笑みは嘘のように、排他的な空気を漂わせていた。季節はずれの転校生のような心細い気持ちになってくる。

「こんにちは。よかったら、こっちで一緒に座りません？」

突然、窓際のテーブルに座っていた女性が席を立ち、千里に話しかけてきた。清楚で高そうなスーツや、名門校の制服を着た女性たちが多い中で、派手なメイクに長い脚を強調するようなミニスカートをはいた女性はこの部屋で浮いていた。

「いいんですか？」

「いいですよ。私もひとりなので」

その言葉に甘え、千里は同じテーブルにつくことにした。

「ありがとうございます。入会したばかりで、どうしていいかわからなくて……」

「私も最初、身の置き場に困ったのでわかります。あ、私、寒川万津子《さんがわまつこ》って言います。あなたは？」

「目黒千里です」

「スーツ着てるけど、社会人ですか？」

この部屋で浮いているのは万津子だけではない。ペラペラのスーツを着た千里もだ。

『これあげる。クラブに着ていきなさい』

昨日、そう言って汀から渡された紙袋には、高そうなワンピースが入っていた。袖を通した形跡もない。紙袋の底からリボンが出てきたため、これは汀が誰かから贈られたプレゼントだと千里は確信した。汀へのプレゼントを千里が着るわけにはいかない。時機を見て汀に返そうと、自宅に置いたままだ。

「はい。まだ一年目ですけど」

「私は大学生なんです。ね、タメ語でしゃべってもいいですか？」

千里が頷くと「よかったあ、敬語って苦しくて」と万津子は笑った。社交クラブということでかなり緊張していたが、こんな気さくな人もいるのだと知り、少しほっとした。

自己紹介を終えたところでエプロンをつけた使用人らしき女性が銀色のワゴンを押しながら近づいてきた。

「コーヒーと紅茶、どちらになさいますか？」

「え？　あ、じゃあコーヒーで……」

「私もおかわりください。あとそのチョコレートケーキも」

千里が戸惑いながら頼むと、万津子もそれに便乗してきた。高そうなカップに入ったコーヒーと、四角くカットされたケーキがテーブルに置かれた。サーブされたチョコレートケーキには金箔が散らされており、一流のパティシエが作ったような風格がある。

「……これお金払わなくていいの？」

「いいよー。会費に含まれてるもん」

特待生である千里は無料で食べられることになる。ありがたいような恐ろしいような気持ちになってしまった。

「社交クラブではいつもなにして過ごしてるの？」

「んー。オーナー主催のお茶会やチャリティーイベントに参加したり、ダンスのレッスンに出たり。あとは、図書室使って勉強したり、ここであやって交流したり」

万津子の視線の先には互いの携帯電話に向かってポーズをとっているグループがいた。

「写真なんか撮ってどうするんだろう……」

「決まってるじゃない。ネットにアップして自慢するんだよ」

千里の疑問に、万津子は呆れたような顔をした。

「自慢？」

「だってここ、誰でも入れるわけじゃないもん。旧華族の部屋は写真映えするし、高価なティーセットと一緒に流行りのブランドのバッグやアクセも映りこませれば完璧。あ、あとこれもね」

万津子は胸元につけている、薄雪荘の会員の証である花のブローチを指さした。

「千里さんもブローチ、もらったでしょ？」

「うん。でも、いつつけるの？」

「決まりはないけど、普段の生活でもつけてる子は多いよ。私もだけど。見る人が見たらわかるからね」

とりあえず千里も万津子を真似て、ジャケットの襟にブローチをつけてみた。アクセサリーに縁がない生活を送っているので、なくしたりしないか少し不安になる。

「万津子さんはここに入って長いの？」

「一年くらいかなあ。でも知り合いは少ないんだよね。会員の入れ替わりも激しいし、基本活動は任意参加だから全員揃うこともほとんどないし」

シュガースティックをコーヒーに溶かしながら、万津子が言う。

「入れ替わりが激しいって……なにかあるの？」

「年齢制限や自主退会で出ていく人間が結構いるの。入会も基本オーナーのスカウトだから、季節に関わらずどんどん入ってくるし」

「ぜんぶで会員は何人くらいいるのかな？」

「幽霊会員を含めたら百人くらいいるって聞いたことあるわ」

百人――かなりの数だ。

「万津子さんはどういうきっかけでここに入ったの？」

コーヒーを飲みながら、千里は尋ねた。

「地元のチャリティーコンサートにオーナーが来てて、声かけられたの。うち、実家が田舎の土地成金でお金はあるんだけど、コネがないからさ。ここに入ると、いろんな業界の人と知り合えるって言われて」

「知り合ってどうするの？」

「オーナー、顔が広くて企業のお偉いさんとか業界人とかと知り合いなんだって。私、今、大学四年なの。一応地元の企業に内定もらってるんだけど、都会のキラキラしたところで働きたいから紹介してもらおうと思って」

意外と現実的な動機だ。

「将来のこと、ちゃんと考えてるんだね」

「当然。中には紫さんみたいに楽なルート狙ってる子もいるけどね」

「……どういうこと？」

万津子は千里に顔を寄せてきた。

「紫さん、いるでしょ？　あの人、オーナーの愛人なの」

やはり、という考えが千里の頭をよぎる。華柳と紫のやりとりはただの雇用者と被雇用者の関係を越えているように見えた。

「使用人用の宿舎があるのに、紫さんを本館に住まわせてるの。華柳さんも自宅があるのに、紫さんにつきっきりでほとんど帰ってないみたい」

「でもレディ教育の場で不倫はまずいんじゃ……」

「ここでは暗黙の了解。憧れてる子もいるんだよ」

千里は驚いた。

「でも、愛人でしょう」

「ポジションより、どれだけ自分に投資してくれるかの方が重要なんだよ。オーナーに見初められて、旧華族の立派な邸宅に住んで、ハイブランドの服を着て、たまに好きなダンスのレッスンをして……お姫様みたいに暮らしてるわけでしょ。ある意味現代のシンデレラじゃない？　お金もコネもない独身男と結婚するより、オーナーみたいなお金とコネを持ってる既婚者と付き合う方が夢があるって」

　千里は衝撃を受けた。

「万津子さんもそう思ってるの？」

「わざわざ不倫しようとは思わないけど、ひとつの手かなとは思うよ」

　こそこそと話を続けていると、ティーサロンに三人の女性が入ってきた。背の高い美女が黒く長い髪をなびかせながら優雅な足どりで奥の席に進む。少し後ろにふたりの女性を侍女のように引きつれている姿は、かなりの迫力があった。

「女王様の御成りだわ。千里さん、一緒に来て」

　万津子はそう言って立ち上がると、千里の手を摑んで、美女の元へ歩いていった。

「こんにちは、秋穂さん、新しく入った会員があなたに挨拶したいって」

　万津子は愛想よく美女に話しかける。千里が思わず万津子を見ると、目配せされた。

「め、目黒千里です」

　秋穂と呼ばれた女性は切れ長の美しい目で、千里の頭のてっぺんからつま先までを値踏みするように見てから、にっこり笑う。

「私は三沢《みさわ》秋穂《あきほ》よ。よろしくね」

「よろしくお願いします」

　差し出された左手を千里は握る。薬指にはブランド物らしきロゴが入った指輪が嵌まっていた。

「じゃ、千里さん、行きましょ」

千里は万津子に再び引っぱられ、元の席に戻った。

「ごめんね。新入りは女王様に挨拶しておかないとあとあと面倒なことになるからさ」

席に戻るなり、万津子が小声で謝罪してきた。

「女王様？」

「そ。彼女、オーナーの息子の恋人なの。おまけにあのルックスと態度でしょ」

千里は奥の席に目をやった。ふたりの侍女がお茶やお菓子をすすめながら機嫌をとり、それを当然のように受け取っている秋穂の姿は確かに『女王様』だ。

「目をつけられると取り巻き使って嫌がらせしてくるんだ。それでここをやめた子も結構いるの。今は女王様のターゲットになってる子がいるおかげで、こっちにとばっちりはこないんだけど……最近ライバルが亡くなったせいか、さらに幅きかせてくるんだよね」

忌々しそうに言う万津子に、千里の心臓がドクリと跳ねた――カレンのことだ
「ライバルって、どんな人だったの？」

「ダンスが上手で、コンクールで入賞もしてたみたい。このクラブでナンバーワンって言われてたの。オーナーにも気に入られて、ひいきされてたし」

「ひいき？」

千里が首を傾げると、万津子は薄く笑った。

「彼女、ちょっと紫さんに似てたんだ。だから……ね」

紫にはじめて会ったような気がしなかったのは、カレンに似ていたからか——千里はここでやっと理解した。

「その子、どうして亡くなったの？」

「ここから十分ほど歩いたところに薄雪荘っていう別館があるの知ってる？　二ヶ月前にそこの階段から落ちたんだって」

「薄雪荘は立ち入り禁止って聞いたんだけど、どうしてそこにいたのかな？」

「さあ、詳しいことはわかんない。亡くなったことを知ったのも、ここ最近なんだ。オーナーが会員を動揺させたくないからって、伏せていたの。ずっとクラブに顔を出してなかったから、やめたのかなあって思ってたんだけど、まさか死んでたとは思わなくて、みんな驚いてたわ」

カレンの父親が口止めしていたように、ここでもオーナーによってカレンの死について伏せられていた。

「ずっとクラブに顔を出してなかったのに、誰も変に思わなかったの？」

「ここの会員は社交クラブ内だけの付き合いで、私的な交流はほとんどしてないから。表面上は仲良くしてても、みんな敵だもん」

そのとき談話室に制服を着た少女が入ってきた。

汀だ。

一瞬、部屋の中が静まり返り、皆、汀の方を見てヒソヒソと小声で話しはじめる。誰もいないテーブルにひとりついた汀と一瞬目が合った。だがすぐに、逸らされる。

「あの子が女王様のターゲットだよ」

万津子が千里に囁いた。

＊＊＊

千里が店の前でタクシーを降りると、喪服姿の男性が店の前に佇んでいた。

「うちにご用ですか？」

千里が声をかけると、男ははっとしたようにこちらを振り返った。頭に白いものが交じりはじめた中年の男だ。手には風呂敷包みを持っている。

「従業員の方ですか？　看板に明かりがついていないので、もう閉まっているのかなと思って……」

見ると、戸の横にある『質』のマークがついた電飾看板の蛍光灯が切れていた。

「すみません。電気が切れているみたいです。どうぞ」

千里は男を店に招き入れる。一階に客が来ると自動的に二階に連絡がいくようになっているが、一応内線で烏島を呼んだ。

「いらっしゃいませ——おや」

しばらくして下りてきた烏島は、男を見て目を丸くした。

「その節はお世話になりました」

男が烏島に頭を下げる。どうやら顔見知りのようだ。

「今日はどんなご用件で？」

「元金と利息を支払いにまいりました」

「ああ、質受けですね」

質受けとは、質入れしたものを客が期限内に取り戻しに来ることだ。質入れに来る客は多いが、質受けに来る客は少ない。たいていは期限内に元金と利息を払いに来ず、質流れした結果、質草は烏島のコレクションに加わってしまう。

「それでは質札をいただけますか？」

質札には質草の名前と流質期限が書かれている。店が発行するもので、それがなければ預かったものを引き渡せない。

「質札です。あとこちらが利息と元金」

風呂敷の中から出てきたのは帯封された札束が三束とバラのお札が入った封筒だった。烏島は手早く金を確認し、白い手袋を嵌めてから、金庫を開けた。

「お預かりしていたものです。ご確認ください」

手のひらサイズの黒いケースを三つ、蓋を開け、男の前に並べる。それぞれには銀色に輝くペアリングが入っていた。指輪はどれもシンプルで、大きな宝石がついているわけでもない。烏島が貸しつけた金ほどの価値があるようには思えなかった。

「莉奈《りな》、亜衣《あい》、聖子《せいこ》……会いたかった……」

男はケースの中から取り出した指輪を愛おしむように確認してから、ケースに戻した。

「預かっていただきありがとうございます」

「こちらこそ。ところで失礼ですが、指輪を手元に置くことについて、奥様の同意は得られたんですか？」

烏島が尋ねると、男は沈んだ表情になった。

「それが……妻は新婚旅行先の海外のサファリでライオンに襲われて……今日が葬儀だったんです」

男はポケットから取り出したハンカチで、浮かんできた涙を拭う。新婚旅行先でライオンに——千里は先日読んだ新聞の記事を思い出した。あれはこの男性の妻のことだったのだろうか？

「それはご愁傷さまです」

「いえ……幸い彼女の指輪は食われることなく残りましたので……これからはそれを支えに生きてゆきます……」

男は指輪のケースを大事そうに風呂敷に包むと、「お世話になりました」と頭を下げ、店を出ていった。

「……質受けなのに、なんだか嬉しそうですね、烏島さん」

千里は隣の烏島を見上げた。いつもなら客の質受けを呪う勢いで残念がるのだが、今日の烏島は口元に柔らかな笑みを浮かべ、上機嫌だ。

「勘が当たったから、嬉しくてね。目黒くん、覚えてない？　前に結婚指輪を三セット、質入れしにきた男性がいたという話をしただろう？」

「……確か三人の奥さんと死に別れて、四回目の結婚をするって言ってた……？」

そういえば、と千里は記憶を手繰《たぐ》る。新しく妻となる女性が、男性が大事に保管していた三人の元妻の結婚指輪を捨てろと迫ってきたのだが、どうしても捨てられなかったため、金庫がわりに質屋に質入れしにきたという話を烏島から聞いた気がする。

「四人目の妻が亡くなったのは、元妻三人の呪いかな。それとも――」

「不謹慎ですよ、烏島さん」

千里は顔を顰める。四番目の妻が亡くなったら取り戻しに来るだろう――まさか本当にあのとき烏島が言ったとおりになるとは思わなかった。

「人が大事にしているコレクションの処分を迫るような人間に同情はできないね」

烏島は金庫に金を放り込みながら微笑んだ。

「ところで、それは？」

烏島の視線が自分のジャケットの襟に向けられていることに気づいた千里は、「あ」と小さな声を上げた。

「薄雪荘の会員ブローチです」

「見せて」

烏島は眼鏡をかけ、千里の襟からブローチを外した。机の引き出しから取り出したルーペでブローチを念入りに確認する。

「パールは模造品だね。花びらの部分は銀メッキだ」

「どうしてわかるんですか？」

「本物のパールは表面が少しざらついているんだ。あと、パールが埋まっているところに緑色の錆がついているだろう？」

そう言われてよく見ると、確かにパールが錆の緑色に染まっていた。

「純度の高い銀には錆は発生しにくい。そして本物のパールには錆の色移りはしにくいんだ。だからこれは銀メッキで模造パールだ。それに錆が出ているということは、新品じゃない」

「退会するとき、会員はこのブローチを返さなければいけないそうです。会員の入れ替わりも多いらしくて……」

「使いまわしてる、ということか。しかし、元華族の運営する社交クラブの会員章がメッキに模造パールとは意外だね」

烏島は千里にブローチを返し、眼鏡をはずした。高そうなケースに入れられて渡されたので、てっきり本物の宝石だと思い込んでいた。千里は肩の荷が下りると同時に、なんとなく残念な気持ちになる。

「社交クラブはどうだった？」

「……女子の集団の居心地の悪さを思い出しました」

千里が通っていたのは女子高だったので、なおさらそう感じたのかもしれない。クラスの女王様。スクールカースト。上辺だけの仲良しグループ。集団無視。思い出すだけで気が重くなる。

「会員は全部で何名？」

「幽霊会員を含めると百人くらいいるとか……でもはっきりとはわかりません。活動も基本任意参加なので、全員揃うこともなかなかないそうです」

「会員の他に、クラブに出入りしている人間は？」

「オーナーとダンス講師の相場紫さんです。あとは使用人を数名見かけました」

邸宅も庭も広いので、なかなか人に会わない。庭の手入れや邸宅の清掃など、大掛かりな作業は業者に頼んでいるようだった。

「使用人は宿舎があるんだっけ？」

「はい。でもダンス講師の紫さんは本館に住んでいました」

「なぜ？」

怪訝な顔をする烏島に、千里は気が進まないながらも口を開いた。

「紫さんは薄雪荘の元会員で……今はオーナーの愛人だそうです」

「なるほど」

烏島は納得したように頷いた。

「カレンさんが亡くなったのは、薄雪荘の階段でした」

「そこは立ち入り禁止じゃないのかい？　どうして彼女はそこにいたんだろう」

「詳しいことはわからないそうです……会員がカレンさんが亡くなったことを知ったのも、最近で……オーナーが騒ぎにならないよう伏せてたみたいで」

カレンの死が会員に知らされた時期と、会員の誰かがカレンの靴を「形見にしたい」と戸田家を訪ねてきた時期は重なる。カレンの靴を捜しているのは、薄雪荘の人間で間違いないだろう。

「カレンと仲がいい子はいなかった？」

「会員は私的な交流はしていないそうです……みんな敵だって」

「穏やかじゃないね」

穏やかどころか、恐ろしい世界だ。

「そういえば、クラブでダンスシューズを用意してもらったんですけど、エーデルワイスの刻印はありませんでした」

千里は紫から渡された赤いダンスシューズを取り出し、烏島に見せた。

「カレンの靴に似ているけど、これは一般メーカーのものだね。会員のシューズはクラブ側が用意しているのかい？」

ダンスシューズのソールを確かめていた烏島が、千里を見た。

「はい、そうらしいです」

「でも、カレンの靴は違った」

靴を箱に戻しながら烏島が言う。

「エーデルワイスの刻印のある靴について調べてみたんだけど、まったく情報が出てこないんだよ。カレンの靴はおそらく一般には出回っていないオーダーメイド品だ」

オーダーメイド品——千里にはブランド物よりも縁のない代物だ。

「靴はサイズが合わないと履けない。おまけに有名なブランド物でもない。だがそれを盗むリスクを犯すほどの価値が犯人にはあった——どこでカレンがあの靴を手に入れたか調べれば、盗んだ犯人が見えてくるかもしれない」

ダンスホールの怪人

本館の一階にあるダンスのレッスン室は、飴色に輝く板間だ。壁には大きな鏡が取りつけられており、最新式の音響機器が揃っている。

「休憩にしましょう」

紫の声を合図に千里はホールドと呼ばれる体勢を解き、壁際に並べられた休憩用の椅子によろよろと座り込んだ。

質屋での仕事を早めに切り上げ、千里は薄雪荘でダンスレッスンを受けていた。

千里のような初心者には、紫がつきっきりで教えてくれるが、経験者はほぼ自主練習だった。へたり込んでいる千里を尻目に、少し離れた場所では、他の会員が思い思いにストレッチをしたり、鏡で自分のステップを確認したりしている。

「千里さん、大丈夫ですか？」

タオルに顔を埋めていると、紫が心配そうに声をかけてきた。

「あまり、大丈夫じゃ、ないです……」

毎回、ストレッチにはじまり、アイソレーションと呼ばれる身体のパーツをそれぞれ個々に動かすトレーニングをして、ようやく本格的なダンスの練習に入るのだが、千里はストレッチの時点で息切れしていた。

「疲れましたか？」

「疲れました。それに筋肉痛もひどくて……」

「ダンスは普段の生活とは違う筋肉を使いますから。でもすぐに慣れますよ」

今日で三度目のレッスンにもかかわらず、千里の身体はいまだに慣れる気配がない。

「紫さんはすごいですね……」

千里の練習パートナーをつとめてくれた紫は、涼しい表情で息も乱れていない。足を怪我して競技ダンスから離れたと言っていたが、まったくそれを感じさせない動きで、床につくほど長いスカートの裾を踏むことなく、滑らかにステップを踏んでいた。

「一応講師ですから。でも今は長時間踊ることはできませんし、現役のときのようにはいきません」

困ったように紫は笑う。意図せず紫の古傷に触れてしまった千里は、話を変えることにした。

「あの、会員のダンスシューズが赤いのは、何か理由があるんですか？」

練習着はスウェットのようなワンピースやスカートなど自由だが、足元は皆赤のダンスシューズで統一されている。

「ええ。薔薇の花のように軽やかに踊るという意味が込められているんです」

「素敵ですね」

「練習で靴に血が滲んでも目立たないように、という意味もあるようです」

紫はいたずらっぽく笑った。現在進行形で靴擦れしている千里には笑えない話だ。

「ここの会員は、みなさんダンスが上手なんですか？」

「秋穂さんと汀さんは飛びぬけて上手ですね」

紫の視線の先には、鏡に自分の身体を映し、ひとりでステップを確認している汀と、侍女ふたりを従えて休憩している紫の姿があった。

社交クラブで、汀が誰かと一緒にいるところを千里は見たことがなかった。何度か敷地内ですれ違っているのだが、話をするどころか目も合わせてもらえない。

「コンクールで入賞してる会員もいると聞いたんですけど……」

千里は今がチャンスだと、思い切って切りだしてみた。

これまでのレッスンでも紫にカレンの情報を聞き出そうと試みたのだが、他の会員がいる手前、なかなか機会に恵まれなかったのだ。

「――その子は亡くなったんです。薄雪荘の階段から落ちて、頭を打って」

紫は遠くを見るような目をして答えた。

「でも、あそこは立ち入り禁止なんですよね？」

「ええ……でも彼女はオーナーから特別に許可を貰って、よくあそこでひとり自主練習をしていたんです」

オーナーから特別に許可を貰っていた――万津子はカレンがオーナーにひいきされていたと言っていたが、どうやら本当だったようだ紫の表情は暗く翳《かげ》っている。これ以上、なにも聞けない雰囲気だった。

「そろそろ練習を再開しましょうか」

そう言われ、話は打ち切られた。

＊＊＊

ダンスレッスンのあと、千里はティーサロンでお茶を飲んでいた。

時間が遅いので、人は少ない。離れた席に汀がいたが、少しでも近づこうとすると視線で制されるので、一緒の席につくことは叶わなかった。

今日は前回と違い、情報を手に入れるためではなく、時間を潰すためにここにいる。窓の外が暗くなっていくのをぼんやり見ていると、汀と同じ制服を着た少女がふたり、千里の元へやってきた。

「あなた、七杜さんと一緒にいた人よね？」

千里はふたりの顔を見て、「あ」と小さな声を上げた。以前、宗介と一緒にいたときに会った女子高生たちだ。名前は確か西なんとかと、東なんとか——漫才コンビのような感じだった。ふたりともここの会員だったのかと千里は驚く。

「あの……あなたたちは？」

「西山香織《にしやまかおり》よ」

ことにした。

「東村沙希《ひがしむらさき》」

雰囲気が似ているせいか見分けがつかない。髪の長い方が西山、短い方が東村と覚える
「あなた、七杜さんと知り合いなんでしょ？　私たちに紹介してくれない？」

突然のお願い——というよりは命令に近い圧力を感じる——に、千里は困惑した。

「宗……七杜さんは知り合いの知り合いというだけで、親しいわけじゃないので紹介とかは無理です……」

「そうなの？　じゃあ連絡先は？」

「おうちの電話番号だったら知ってますけど」

まったく知らないと言うと嘘くさくなる。案の定、東西コンビはそろって顔を顰める。

「それなら私だって知ってるわよ。知りたいのは彼の個人的な連絡先なの」

「なんでわざわざ家に電話をかけなきゃいけないのよ。使えないわね」

千里の携帯電話に登録されているアドレスは四件。そのうちのひとつが、ふたりが紹介してほしいと言っている人物のものである。もし彼女たちがそれを知ったら——想像するだけで冷や汗をかいた。

「それより、あなたのおうちってどういう家なの？」

諦めてくれたと思いきや、今度は西山から別の質問が飛んできた。

「え？」

「ここに入ってきたってことは、それなりの家なんでしょ？　七杜さんとだって面識あるんだし」

彼女たちの言う『それなり』の意味がよくわからなかった。この質問は汀にもされたことがあるが、どういう家かと言われても、普通の家としか答えられない。

「個人情報を無理に詮索するのは禁止よ」

どう答えたものかと悩んでいると、冷たく響く高い声が耳を打った。驚いて声がした方向を見ると、秋穂が侍女を引きつれて、こちらに近づいてくるところだった。

「会員規約にもあったでしょ？　強制退会になりたいの？」

秋穂の言葉に、東西コンビはそろって青ざめる。

「す、すみません！」

「申し訳ありませんでした！」

東西コンビがすごすごと自分の席に戻っていく。秋穂はそれを見届けると、切れ長の目を細め、千里に微笑みかけた。

「強引な子たちね。大丈夫だった？」

「あ、はい。ありがとうございました」

千里は礼を言う。万津子は秋穂のことを面倒くさい人だと評していたが、今回ばかりは助かった。

「ねえ、千里さん。あなたいつもスーツだけど、社会人なの？」

「あ、はい」

「なんのお仕事してるの？」

個人情報を詮索することは禁止だと言いながら訊いてきた秋穂に困惑した。だが隠すことでもない。

「質屋に勤めてますけど……」

「そうなんだ。そういえば、あなたって特待生枠？」

「あ、はい」

千里が頷くと、秋穂はにっこりと笑った。

「私も一緒よ」

「……そうなんですか？」

意外だった。オーナーの息子の恋人と聞いていたので、どこかのお嬢様だと思っていた。

「ええ。汀さんみたいに七杜家の後ろ盾がある人とは違って、実力で入ったから」

そう言って秋穂は、千里から少し離れたテーブルにいる汀に視線を向けた。突然攻撃的になった口調に、千里はぎょっとする。

「……私と七杜家は関係ないわ。その名前を出さないで」

「あら。ごめんなさい、『二号さん』」

遠目でもわかるほど、汀が顔色を変えた。それを見て、秋穂がせせら笑う。

「あなたが住んでいる家、昔おじいさまが『二号さん』を囲ってた場所なんでしょ？　愛人の子供であるあなたに相応しい家よね」

汀が立ち上がる。座っていた椅子が派手な音を立てて倒れた。

「なんの騒ぎですか？」

ちょうどティーサロンに入ってきた紫が、こちらを見た。汀は紫の横をすり抜けて、逃げるように部屋を出ていく。

「秋穂さん……またあなたなの？」

紫は秋穂を見て、困ったように溜め息をついた。

「またってなんのことかしら」

「会員規約にもあるでしょう。ここに所属している女性は清らかな優しい心で――」

「道徳に反していることをやってる人に言われたくないわね」

秋穂の言葉に、空気が凍った。不幸中の幸いなのは、遅い時間でここにいる会員の数が少なかったことだ。

「私は紫さんみたいに愛人では終わらないから」

秋穂はそう言い捨てると、取り巻きの侍女を引きつれて、定位置であるソファ席につき平然とお茶を飲みはじめた。

＊＊＊

日が落ち、空には月が浮かんでいる。

千里はそれを見て、ティーサロンを出た。

薄雪荘は夜の八時まで会員に開放されている。今は夜の七時だ。今の時間帯が一番会員の出入りが少ない。

華柳は会食や社会奉仕活動に従事し、日々忙しくしているようだった。紫は基本、本館から出ない。足が悪いことが関係しているわけではなく、華柳にそう命令されているようだった。外に出るときは、ただの散歩でも必ず華柳が同行している。

闇に紛れて千里が向かったのは薄雪荘だ。

カレンが薄雪荘で亡くなったことははっきりしている。左足が裸足だった理由も、その靴の行方も現場を『視れ』ば、わかるはずだ。ふだん立ち入り禁止になっている場所なので、人目につきにくい夜を待ち、どうにか中に入る方法を見つけるつもりだった。

薄雪荘は、表の扉はもちろん、裏口にも鍵がかかっていた。ダンスホールの天窓から入るのは無理だ。裏手にまわると、二階のバルコニーに壁の凹凸を使って這い上がれそうだった。二階も鍵がかかっている可能性は高いが、試す価値はある。

壁のくぼみに足をかけ這い上がりはじめたとき、背後から声がかかった。

「――中に入りたいの？」

声がした方を振り返ると、白いシャツとチノパンを着た若い男が立っていた。

「……探したいものがあって」

「盗みたいものじゃなく？」

「泥棒ならもう少し賢い方法で中に入ると思います」

千里が答えると、男は一瞬真顔になり、そして吹きだした。

「おもしろいね、きみ。でもそこをのぼるのはおすすめしないなあ」

「……どうしてですか？」

「パンツが丸見えだから」

柱にしがみついていた千里は慌てて飛びおり、タイトスカートの裾を引き下ろした。

「……見ましたか？」

「残念だけど、暗くて見えなかった」

男は微笑んだ。大きな目が印象的な甘い貌立ち。身体の線は細く華奢だ。

「薄雪荘の会員だね」

千里のジャケットのブローチを見て、男は言う。

「ここは立ち入り禁止だよ」

「……のっぴきならない事情があるんです」

「オーナーにばれたら強制退会になるよ。せっかく会員になったのに、いいの？」

「探しものさえ見つかれば、どうでもいいんです」

仕事のためなので、会員の地位に魅力は感じていない。千里が正直に言うと、男は柔らかい笑みを浮かべた。

「中に入る方法なら、あるよ」

「えっ？　本当ですか？」

「ついておいで。可愛いパンツを見せてもらったお礼に、薄雪荘に案内してあげる」

顔が熱くなるのを感じながら、千里は男を睨みつけた。

「やっぱり見たんですね！」

「さー、どうだろう」

男はいたずらっぽく笑い、歩きはじめた。千里は迷った末、少し距離を置いて男のあとを追いかける。薄闇に白くぼんやりと浮かぶ男の姿は、どこか幽霊めいていた。

「あの、あなたは誰ですか？」

「僕？　ここの使用人だよ」

「……男性の使用人の方とはじめて会いました」

本館で給仕や清掃の仕事をしているのは、みんな女性だった。

「男は会員が帰った夜に庭の見回りや清掃をするんだ。社交クラブは基本、男子禁制だからね」

しばらく歩くと、使用人の宿舎のそばまで来た。その裏の古い納屋に男は入っていく。

「どうしたの？」

千里が入り口の前で立ち竦《すく》んでいると、男が首を傾げた。

「あの……どこに行くんですか？」

「薄雪荘」

　男が床に置いてあった木箱を横にずらすと、そこに階段が現れた。中は真っ暗だ。男は納屋にあったランプに火をともし、千里を振り返る。

「きみ、あかりを持ってる？」

「懐中電灯があります」

　千里は鞄の中から懐中電灯を取り出した。烏島から渡され、常に鞄に入れている潜入捜査アイテムだ。

「転ばないように気をつけて」

　慣れているのか、男は階段を躊躇なく下りていく。後に続くと、土の匂いとともに狭く暗い通路が現れた。壁に触れると、土のかけらが地面に落ちる。

「壁には触らないで。戦前に掘った古い通路だから崩れやすいんだ」

「わかりました」

　通路は百メートルほど続いていた。突き当たりには金属製のドアが見える。男はそこにしばらく耳を当てた後、ドアを開ける。その向こうは、薄暗く天井の低い廊下になっていた。蜘蛛の巣が張り、埃だらけだ。

「……ここは？」

「薄雪荘の地下だよ」

　男はそう言ってドアを閉める。土壁の地下通路と薄雪荘の地下の廊下を繋ぐ金属製のドアは壁と一体化し、一見ドアとわからないようになっていた。

千里は廊下の途中に、小さな部屋があることに気づいた。

「この部屋は？」

「華柳家専属の靴職人が使っていた工房だよ」

男が説明する。専属の靴職人――お金持ちはスケールが違うと思いながら、千里は開いていた引き戸から、中を覗きこんだ。懐中電灯で照らすと、壁にぶらさがった木製の靴型が見えた。作業台には見慣れぬ工具のようなものが置いてあり、棚にはたくさんの皮や布が押し込まれている。昔という割に、部屋は綺麗に整えられていた。埃もかぶっておらず、蜘蛛の糸も張っていない。廊下とは大違いだ。

男の先導で再び廊下を進み、突き当たりにある木製の階段をのぼる。天板を押して上にあがると物置部屋のような場所に出た。そこを出ると、見覚えのある青絨毯が目に入る――薄雪荘の廊下だ。

庭に面した廊下をしばらく歩くと、あのダンスホールが目の前に広がった。

天窓からは月の光が差し込み、幻想的な空間になっている。明るい時間に来たときとはまったく雰囲気が異なっていた。

「さっきの通路はなんのためのものなんですか？」

「昔、外部の人間や使用人がデビュタントボールに紛れ込むために掘ったものらしい」

「……デビュ……タント？」

聞きなれない言葉に、千里は首を傾げた。

「この屋敷ができたころから続いている伝統ある舞踏会だよ。年に一度、そこで年ごろの女性が一人前の女性としてお披露目される。きみもここの会員なら出席するチャンスがあるはずだよ」

華柳や紫が言っていた年に一度のパーティは、その舞踏会のことなのだろうか？

「なぜ外部の人が潜りこむんですか？」

「現実では結ばれない相手と、ひとときの夢の時間を過ごすため――だろうね」

天窓から見える月を仰ぐその横顔が少し寂しげに見えたのは、千里の気のせいだろうか。

「あなたはどうして、あの通路を知ってるんですか？」

「昔、ここで働いていた人に教えてもらったんだ。舞踏会で、好きな人に会うために使っていた」

男は艶やかな笑みを唇に浮かべる。冗談で言っているのか、それとも本気なのか判断しかねた。

「そういえば、探さなきゃならないものがあるんだったっけ？」

男が千里を振り返る。

「あ……はい。玄関ホールの階段に行きたくて……」

「ついておいで」

玄関ホールへ向かっていると、前を歩く男が歩調を緩めた。

「きみ、もしかして右足を痛めてる？」

男の言うとおり、千里の右足はくるぶしの皮がむけ、なかなかひどい状態になっている。絆創膏を貼っているが、パンプスに隠れているので男には見えないはずだ。

「ダンスのレッスンで靴擦れしたんです。思いのほかハードで……どうしてわかったんですか？」

「足音でね。右足の着地時間が左よりも短く感じた」

千里は驚いた。足音でそんなことまでわかるものなのだろうか。

「シューズは履いているうちに馴染む場合もあるけど、馴染まない場合もあるんだ。しばらく様子を見て痛みが引かないようなら靴を替えた方がいい。靴擦れを庇うようにして踊っていると、大きな怪我をすることもあるから」

「わかりました」

千里が頷くと、男は「いい子だね」と笑った。

「子供扱いしないでください」

「きみ、いくつ？」

「二十二です」

「じゃあ僕の方が年上だ。二十八だから」

千里は男の顔をまじまじと見た。

「童顔ですね」

「きみほどじゃないと思うけどなあ」

くすくす笑っていた男が、急に激しく咳き込みはじめた。

「風邪ですか？」

「いや……喘息もちなんだ」

「大丈夫ですか？」

「いつものことだから……ついたよ」

玄関ホールにつくと、千里はまわりを見回し、カレンが倒れていた場所を目で探した。だいたいの目処をつけ、その場に跪き、両の手のひらで絨毯に触れる。目を閉じ、意識を集中させると、しばらくしてぼんやりと映像が浮かんできた。

――……誰……？

行き交うのは、作業着を着た男たちの姿ばかりだ。はっきり視えたのは絨毯を張り替えている男性の映像だった。

「どうかした？」

千里は目を開け、階段の上からこちらの様子を不思議そうに窺っている男を見上げた。

「最近、ここに清掃かなにか入ったんですか？」

「ああ。この時期になると、いつも修繕工事と清掃が入るんだ。デビュタントボールが近いからね」

人の出入りが多い場所では、映像は視えにくい。工事や修繕が入ったとなれば、なおさらだ。タイミングが悪すぎる。

「きみはなにを探しているの？」

千里は少し迷って、口を開いた。

「……ソールにエーデルワイスの刻印が入った赤いダンスシューズを知ってますか？」

「知ってるよ」

男の答えに、千里は目を見開いた。

「昔、ダンスホールの怪人と呼ばれる靴職人がデビュタントボールに出るご婦人方のために、美しいダンスシューズをつくっていたんだ。彼がつくる靴にはエーデルワイスの刻印が入っていた」

「……怪人って、人間じゃないんですか？」

男は笑い、首を横に振った。

「いや、人間だよ。華柳家の靴職人のことなんだ。腕がいいもんだから、いつの間にかそういう仰々しい名前がついたんだよ」

そのとき、玄関の扉の向こうから音が聞こえてきた。

「――そこにいるのは千里さんですか？」

玄関の扉が開き、その向こうから華柳が顔を出した。千里は慌てて男がいた場所に目をやるが、彼はすでに姿を消していた。

「千里さん、そんなところに蹲ってなにをされているんですか？」

華柳に厳しい表情で質問され、千里は冷や汗をかいた。

「あ……この前ここに来たときに落とし物をしたみたいで……裏口があいていたので入ってしまいました」

苦しい言い訳だったが、今の千里にはそれしか思いつかなかった。

「そういうことでしたら、私に声をかけてください。いくら開いていたからといって、勝手に中に入られては困ります」

「すみません……」

千里が謝ると、華柳はため息をついた。

「それで？　落とし物は見つかりましたか？」

「あ……いえ、見つからなくて。ここじゃなかったのかもしれません」

華柳は「なら、出ましょう」と千里に手を差し出した。

「華柳さんは、ダンスホールの怪人ってご存じですか？」

薄雪荘を出てから、千里は思い切って尋ねてみた。

「会員に聞いたんですか？」

会員に――ということは周知の話なのだろうか？　千里が曖昧に頷くと、華柳はいつも唇に浮かべている穏やかな微笑を消した。

「――靴を餌に女を唆《そそのか》す下劣な男です」

千里は目を瞠った。

「あなたも惑わされないように気をつけてくださいね」

華柳はそう言って、微笑んだ。

＊＊＊

「――ダンスホールの怪人？」

デスクでパソコンと向き合っていた烏島は、千里の報告を聞いて怪訝な顔をした。

「なんだい、そのとってつけたような名前は」

「華柳家お抱えの靴職人のことで、腕がよかったからそう呼ばれるようになったそうです。デ、デビュ……トン……ボー……に出る女性のためにエーデルワイスの刻印のあるダンスシューズを作っていたって」

「デビュタントボール？」

「それです！」

まったく言いにくい舞踏会の名称だ。

「華柳氏もダンスホールの怪人については知っていたんだね」

「はい。靴を餌に女を唆す下劣な男だって」

「ずいぶんな言い方だな」

烏島は笑った。

「地下通路から薄雪荘にきみを案内してくれた若い男は何者なんだい？　華柳家の事情にいろいろと詳しいようだけど」

「華柳家の使用人です。夜に清掃や見回りをしてるって」

「彼はどうしてその通路を知っていたのかな」

「舞踏会で好きな人に会うために使っていたって言ってましたけど……本当かどうかはわかりません」

そういえば、名前を訊くのを忘れていた。素性を尋ねたとしても、正直には答えてくれなさそうな雰囲気だったが。

「ダンスホールの怪人はともかく、華柳家専属の靴職人は最近まで本当にいたようだね」

「えっ、そうなんですか？」

「うん。店を構えていなかったから調べるのに少々骨が折れたよ。代々、華柳家の屋敷内で靴や革製品をつくっていたようだ。きみが薄雪荘の地下で見た工房のことだろう。そこでつくられるすべての製品には、エーデルワイスの刻印が入っていた」

「カレンさんの靴は、その職人がつくったもの……？」

カレンの靴は新しいものだった。最近までいたのなら、その靴職人がつくった可能性が高い。

「最後の職人は何年も前に亡くなってるんだよ。後継ぎはいないそうだ。まだ彼が生きて靴をつくっているとしたら、幽霊だな。まさにダンスホールの怪人だ」

烏島は笑うが、千里は笑えなかった。

「地下の華柳家の靴職人が使っていたっていう工房はどうなっていた？」

「どうって……作業台や靴型や工具が置いてありました」

「埃や蜘蛛の巣は？」

「ありません」

「廊下にはあったのに？」

千里はハッとした。言われてみれば、確かにそうだ。

「まだあそこの工房を誰かが使ってるんじゃないかな」

「……誰かって」

「ダンスホールの怪人だよ」

千里はゾッとした。

「その地下の工房を『視れ』ば、カレンの靴がどこの誰によってつくられたかわかるかもしれない」

「……私、幽霊は視えませんし、視たくありません」

「人間より幽霊の方が怖くないと思うけどね」

烏島が意味深に笑う。千里にとっては人間も幽霊も怖い。

「とはいえ、華柳氏に薄雪荘に勝手に入ったことがばれた以上、しばらくあそこには近づかない方がいいだろう。強制退会になったら元も子もないからね。無理に侵入するようなことは避けてほしい。次のチャンスを待とう」

「……はい」

千里は神妙に頷いた。今回はなんとか誤魔化せたが、二度目になると、もう誤魔化しはきかない。

「ところで、カレンの事故現場は『視る』ことができなかったんだよね？」

「はい。近く、そのデビュタントボールが薄雪荘でおこなわれるらしくて、清掃と修繕が入ったんです」

事故現場を視ることができれば、すぐに解決すると思っていたのに、修繕工事と清掃にあっさり阻まれた。

「カレンは亡くなった夜、薄雪荘のダンスホールで自主練習をしていたそうだけど、それは彼女だけ？」

「はい。ダンスが上手だったので、オーナーから特別に許可を得ていたそうです」

「ダンスね……立ち入り禁止の場所を使わせてもらえるとは、よっぽどオーナーに気に入られていたんだね」

「……カレンさん、紫さんにちょっと似ているんです」

そっくりというわけではないが、彫の深い華やかな貌立ちや雰囲気が似ているのだ。

「でも社交ダンスって、ひとりでも練習できるんですね」

ダンスはふたりで踊るものと思い込んでいたので、カレンが自主練習をしていたと聞いたときは、いまいちピンとこなかった。

「できるよ。シャドーといって、ひとりでステップやイメージを確認しながら練習する方法がある。初心者にはなかなか難しいと思うけどね」

千里は目を見開いた。

「烏島さん、詳しいんですね」

「うん、踊れるからね」

烏島がデスクから立ち上がり、千里に向かってホールドの体勢をとった。千里はぽかんと口を開け、烏島を見上げる。

「僕と踊っていただけませんか、お嬢さん」

「……烏島さんて、いったい何者なんですか？」

「しがない質屋の店主だよ」

千里は烏島の左手に右手をのせた。烏島が右腕で千里の背中を支え、千里はその腕に左手を置く。

スロー、スロー、クイック、クイック、スロー……。

烏島がリズムを刻みながら、千里をリードする。店の空いたスペースを巧みに使い、ソファやデスクにぶつからないように。千里に合わせるのではなく、自分のペースに引き込むように、強引に。烏島は千里に合わせてくれるものと思っていたので意外だった。宗介と踊ったことはないが、強引なところが宗介っぽい、などと思ってしまう。

「僕と踊っているときに他の人間のことを考えるのはやめてほしいな」

千里は思わず、烏島を見上げた。

「図星？」

「……なんでわかるんですか？」

「わかるよ。表情、目の動きだけでも、たくさんのことが読み取れるものだ」

烏島は足を止め、ホールドを解く。

「僕はきみの特殊な能力を見込んで買い取った。だけど僕がきみに磨いてもらいたいのはモノを視る力だけじゃない、人を見る力もなんだ」

「人を見る……？」

「きみは力のせいで必要以上に人と関わるのを恐れている。だから人を見ようとしない」

痛いところを突かれ、千里は口を噤んだ。

「きみは今まで自分の力を疎みながら、その一方で無意識に力に頼ってきた。なにかが起きてから力を使い、人の裏の顔を知る。でも、それじゃ遅いんだ」

千里の脳裏に浮かんだのは、今まで千里を欺いていた人間の顔だ。

「──本当に怖いのは」

烏島が言葉を切り、千里の目を覗き込んだ。

「力を使って視えるものじゃない。目の前に見えているのに、見落としている真実だ」

「千里さん」

ダンスレッスンを終え、夕日に照らされた廊下を歩いていると、名前を呼ばれた。振り返ると、こちらに向かって歩いてくる華柳と目が合った。

「少しかまいませんか」

「はい」

二日前、薄雪荘に忍び込んだことについてなにか言われるのかと思い、千里は身構えた。

「ダンスのレッスンはいかがですか」

「……ほんの少しですけど、慣れてきたような気がします」

上達しているとはいえないが、慣れてはきている。華柳は「そうですか」と満足そうに頷いた。

「もうすぐ薄雪荘でデビュタントボールが開かれるんです」

「デビュタントボール……」

使用人の男も言っていた舞踏会の名前だ。

「ええ。年に一度おこなう、伝統ある舞踏会です。薄雪荘の活動は政治家の先生、著名人の方、大企業の社長など、たくさんの支援者に支えられている。デビュタントボールは支援者の方々を招いて、会員のお披露目と交流を目的としたパーティなんです」

薄雪荘の活動に外部の支援者がいるとは初耳だった。万津子が言っていたコネもこのことなのだろうか。

「デビュタントボールは会員の中で一人前のレディと認められた女性しか出席できない舞踏会です。そこで支援者の方の目に留まれば、大きな飛躍が期待できる。さらに薄雪荘の『ファーストレディ』に選ばれれば、翌年の二月におこなわれる欧米の由緒あるデビュタントボールでデビューする機会が与えられます」

「ファーストレディ」

千里の頭によぎるのは大統領夫人の方だ。

「その年のデビュタントボールでもっとも将来性のある会員に贈られる、栄誉ある称号です。舞踏会後、支援者の方々の投票で決定します」

選ばれた会員しか出られないパーティ。ファーストレディという栄誉ある称号。欧米での社交界デビュー。華やかなキーワードが、無造作に千里の前に並べられる。

「千里さん、僕はあなたに、デビュタントボールに出てもらいたいと思っているんですよ」

千里は目を見開いた。

「ま、待ってください！　私、まだ会員になったばかりですよ？　パーティにも出たことがないし、ダンスもまだまだなのに……」

「マナーやダンス技術は確かに大事です。ですが、はじめから完璧な女性より未完成な女性の方が魅力的だ」

華柳は穏やかな、だが力強い口調で、千里に語りかけてくる。

「完璧であるということは、もうそこで成長の余地はないということです。だが未完成であるということは、無限大の可能性を秘めているんですよ。与えられたチャンスにより、もっと高く飛躍することができるかもしれない。私はそれを大事にしたい」

華柳の真摯な表情と熱のこもった言葉には、自分を特別なものと思わせるなにかがあった。

「名もなき花を高嶺の花へ——私は千里さんにその可能性を感じているんです」

＊＊＊

ティーサロンに入ると、珍しくテーブル席が埋まっていた。

秋穂は侍女ふたりと一緒に奥の席を陣取っている。そこから少し離れたテーブルで、汀がひとり茶を飲んでいた。

千里は先日、ここで起きた小さな騒ぎを思い出し、緊張する。

「千里さーん」

窓側のテーブルで万津子が手を振っていた。

「万津子さん、こんにちは」

千里が万津子と顔を合わせるのは約一週間ぶりだった。手招きされ、一緒のテーブルにつく。

「聞いて！　憧れていた会社で来年から働けることになったの」

「そうなの？　おめでとう」

万津子は「ありがとー」と言って笑った。

「オーナーの紹介で決まったの？」

「そ。この前、そこの社長と一緒にお食事して決まったの」

社長と食事——千里は万津子に顔を寄せる。

「……大丈夫なの？」

万津子はニヤリと笑った。

「安売りするつもりはないよ。チャンスを貰ったからには、自分の地位を確立できるようがんばるから」

万津子と話していると、ふたりの会員が「ちょっといいかしら」と声をかけてきた。

「ねえ、あなたが千里さん？」

「はい、そうですけど」

千里が頷くと、ふたりの会員は顔を見合わせニヤリと笑った。

「あなた、質屋に勤めてるんでしょ？」

話したこともない会員だったので、急にそんなことを訊かれて驚いた。

「ええ」

「あなたが持ってる服とか鞄、ぜんぶ質入れされたものを使ってるんだってね」

「は……？」

千里は目を見開いた。

「私もいらない服とかあったら質入れさせてもらうね」

「私も。千里さんがそれ着てきたらウケるー」

あっけにとられている千里を置き去りに、ふたりの会員は楽しそうに笑いながら自分たちの席に戻っていった。

「……千里さん、もしかして自分の仕事のこと、誰かに話した？」

万津子に訊かれ、千里は頷いた。

「うん。秋穂さんに訊かれたから」

千里が言うと、万津子はあちゃーと額を押さえる。

「気をつけてね。あの人、詮索して脚色して言いふらすから」

「……そうなんだ」

「そ。愛想よく話しかけてくるときは注意して。油断させてしゃべらせる手なの」

なんとなく秋穂の方を見ると、目が合った。秋穂がニヤリと笑う。貌立ちは美しいのに、下品な笑い方だ。千里は嫌な気持ちを振り払うように、万津子に向き直った。

「なんだか今日は人が多いね」

「あー、たぶんデビュタントボールが近いからだよ」

万津子はつまらなそうに言う。千里は先ほど華柳からされた話を思い出し、ドキリとした。

「招待される子はそろそろオーナーから声かけがあるから、普段サボってる子も出てきてるんだよ。わかりやすいよね」

「みんな、デビュ……ボールに出たいの？」

千里が尋ねると、万津子は「そりゃあそうだよ」と言った。

「それに出るためにここに入った子がほとんどでしょ。伝統ある旧華族のダンスホールでの舞踏会。そこでファーストレディになれば、欧米の由緒ある社交界でデビューできるんだから」

「それ、やっぱりすごいことなの？」

「日本の名家やお金持ちでもなかなかできないことらしいから、すごいんじゃない？　デビューできたら箔《はく》がつくと思うし」

千里にはピンと来ないが、日本の名家でもなかなかできないことなのであれば確かに憧がれるものなのかもしれない。

「万津子さんは出たことはあるの？」

「ないよ。去年オーナーに声をかけられたけど、断ったし」

「えっ、どうして？」

「私はやりたいことも決まってるし、就職のコネがほしいだけだから。海外で社交界デビューって言われてもねー、日本語しか話せないし、勉強もダンスも好きじゃないし。ここで一番になりたいとかも思ってないもん。無駄なことはしたくない主義」

万津子のある意味現実的な考え方に、千里は感心してしまった。

「……ちゃんと考えてるんだね、万津子さん」

「当然だよー。やみくもに一番になりたいとか有名になりたいとかお金がほしいとか、目標じゃなく欲望だけ持って動いてたら足元すくわれるからね」

やみくもに——耳の痛い話だ。

「上手い話には絶対に裏があるって思わなきゃ。自分がなにをほしくて、かわりになにを差し出せるか常に考えてなきゃ、一方的に搾取されるだけで終わっちゃうわ」

万津子はそう言いながら、コーヒーを飲み干した。

「ファーストレディになった人は、今ここにいるのかな？」

「いないよ」

はっきり言われ、驚いた。

「え？　どうして？」

「デビュタントボールに出た子は、名誉会員として社交クラブを卒業するの」

デビュタントボールに出てしまえば、もうここには来れなくなる——イコール調査終了だ。華柳には「少し考えさせてください」とデビュタントボールに出るかどうかの返事を保留にしたのだが、正解だったようだ。

「ファーストレディは投票で決まるって聞いたんだけど、どういう選考基準なのかな？」

「さあ、わかんない。でも今年の有力候補って言われてる子はいるよ」

「誰？」

「秋穂さんと汀さん。亡くなっちゃったけど、カレンさんも」

カレンも生きていれば、あの赤い靴を履いてデビュタントボールに出席したのだろうか。

「万津子さん、エーデルワイスの刻印が入った赤いダンスシューズって、知ってる？」

「知ってるよ。ダンスホールの怪人がつくった靴でしょ」

あっさり返ってきた答えに、千里は驚く。

「どうして知ってるの？」

「ここの会員ならほとんど知ってるんじゃない？　有名な言い伝えだもん」

「言い伝え？」

「ダンスホールの怪人がつくった靴を手に入れた女性は、デビュタントボールでファーストレディになれる」

初耳だ。

「それ、本当に……？」

「まさか、ただの言い伝えだよ。本当にそんな靴があったら会員のあいだで血みどろの争いが起こるわ」

そのとき、部屋の中が不自然に静まり返った。

見れば、秋穂が席を立ち、汀の座るテーブルへ歩いていくところだった。千里はこのあいだのふたりのやりとりを思い出し、不安になった。

「汀さん、少し話があるんだけど、いいかしら？」

秋穂が汀に尋ねた。まわりにいる人間は息をひそめて、その様子を窺っている。

「……ええ」

「ここじゃあれだから、出ましょう」

秋穂と汀は、連れ立って部屋を出ていく。それを見た千里は、席を立った。

「千里さん？　どこにいくの？」

「ちょっとお手洗いに行ってくるわ」

千里は万津子に言い、早足でティーサロンを出た。


「——私、見たのよ」

聞こえてきた秋穂の声に、千里は足を止めた。

千里はゆっくりと声の方向に近づく。絨毯の敷かれた廊下は、足音を殺すのに役立つ。秋穂と汀の姿は、ティールームから離れた階段の踊り場にあった。千里はそこから死角になる柱の凹凸の陰に、身をひそめる。

「なにを見たっていうの？」

汀の声だ。千里は柱の影からそっと顔を出し、ふたりを見る。

「カレンさんが死んだ夜、あなたが薄雪荘から走り出てくるところをよ」

秋穂の言葉に、汀は青ざめる。千里は耳を疑った。

秋穂はそんな汀を見て、唇を歪めた。

「デビュタントボールは辞退しなさい。さもないと警察に行って喋るわよ」

「……辞退はしないわ」

押し殺した声で、汀は言った。

「警察に行ってもいいわけ？」

「私を見たって、なにか証拠があるの？」

今度は汀が唇を歪めた。秋穂は表情を険しいものに豹変させ、汀に摑みかかる。

汀も必死に反抗するが、背が小さいぶん、汀の方が不利だ。千里が出ていこうとしたとき、男の声が割り込んできた。

「秋穂さん！　汀さん！　そこでなにをしてるんですか！」

華柳だ――千里はほっとした。

「事情を聴きます。ふたりとも書斎に来なさい」

華柳はふたりのあいだに入り、珍しく厳しい表情で命令する。

「……はい」

「……わかりました」

ていた。

カレンが死んだ夜、汀は薄雪荘にいた――？

華柳のあとについて行くふたりの後ろ姿を見ながら、千里は言い様のない不安に襲われていた。

＊＊＊

「実に不可解な話だね」

デスクでパソコンを弄っていた烏島はそう言って、千里を見た。

「不可解ですか……」

「不可解だよ。どうしてきみが薄雪荘のデビュタントボールに招待されるのか、さっぱりわからない」

烏島に、華柳からデビュタントボールに誘われたと報告したところ、冒頭の反応へと相成った。

「選ばれた会員しか参加できないんだろう？　錚々《そうそう》たる支援者が集まるデビュタントボールに華柳氏はどうしてきみを推したのかな。まだ会員になったばかり。マナーは付け焼刃。ダンスも初心者だ」

「まだ決定ではありませんし、華柳さんは未完成な女性の方が魅力的だって言ってました」

「未完成にもほどがある。支援者にお披露目するなら、すべてにおいてレベルの高い子を出した方がいいに決まってるじゃないか。それなのにきみを招待する理由がまったく謎だ」

千里がすべてにおいてレベルが低いと言われているようなものだが、あながち間違ってはいないので反論はしない。

「他に誘われた会員は？」

「オーナーが直接本人に声かけするそうなので、わからないんです」

本人が話さない限りわからない。嬉しさのあまり公表する会員もいるだろうが、嫉妬を恐れて黙って参加する会員も多いそうだ。

「誰が出るかはわかりませんけど『ファーストレディ』の有力候補と言われている人はいます」

「誰？」

「秋穂さんと汀さん、そしてカレンさんです。三人とも美人でダンスが上手です」

秋穂の性格は抜きにして、誰が『ファーストレディ』になってもおかしくない、納得の人選だ。

「『ファーストレディ』に選ばれると、欧米の社交界でデビューする機会が与えられるそうだけど、憧れている会員は多いんだって？」

「はい、みんなそのためにクラブに入ったって」

今日のティーサロンの人の多さからも、会員の本気度が伝わってきた。

「ダンスホールの怪人がつくった靴を手に入れた女性は、デビュタントボールで一番になれる——薄雪荘では有名な言い伝えだ。もしその靴をカレンが持っていると知った会員がいたとしたらどうなるかな？」

千里はハッとした。

「犯人は『ファーストレディ』になるために、カレンの靴を盗んだ。特に女性はそういうジンクスを信じる生き物だろう？」

「でもそれなら、どうしてカレンさんが死んだとき、左の靴だけが盗まれたんですか？」

普通に考えれば、両足を脱がすはずだ。

「誰かに見られそうになって、左足の靴しか奪えなかった——とか？」

鳥島の推測に、千里はギクリとした。

『カレンさんが死んだ夜、あなたが薄雪荘から走り出てくるところを——』

秋穂が汀に投げつけていた言葉が蘇る。黙り込んだ千里を、鳥島が怪訝な目で見つめてきた。

「目黒くん、どうかした？」

「……なんでもありません」

カレンが死んだ夜、薄雪荘に汀がいたかもしれない——それを今、鳥島に伝えるのは躊躇われた。

「隠し事はなしだよ、目黒くん」

「……裏付けが取れてから話します」

千里が言うと、烏島は「きみも懲りないね」とため息をついた。烏島が呆れるのはわかる。過去に相手を信用しすぎたことで、痛い目を見たからだ。

だが汀のことは、どうしても裏付けをとってから、烏島に報告したかった。だいたい、その発言は秋穂の口から出たものだ。口から出まかせの可能性もある。

「烏島さん、私、デビュタントボールはどうすればいいですか？」

華栁には返事を待ってもらっている状態だ。出席すれば強制的に卒業になる。おそらく欠席だろうと踏んだのだが――。

「出席すると返事をしなさい」

千里は目を見開いた。

「で、でもそうしたら社交クラブで調査ができなくなりますけど……」

「カレンの靴を奪ったのが『ファーストレディ』になるためなら、デビュタントボールにその犯人が履いてくる可能性が高い。最優先事項は靴を取り戻すことだ」

そのとき、二階の扉をノックする音がした。

「ああ、お客が来たようだ――どうぞ」

入ってきたのは、大きな耳が特徴的な若い男だった。細身の身体にフィットした服。指や首にはアクセサリーがたくさんついている。歩くたびにジャラジャラ音がしそうだ。

「時間どおりだね。さすがに高い時計をしてるだけあるじゃないか。こっちに座って」

烏島はデスクからソファに移動した。若い男はびくびくしながら烏島の前に座る。小柄で丸まった背、大きな耳と小さな目を見て、千里は動物園にいる猿を思い出した。

「例のもの、持ってきたかい？」

「……はい」

男が鞄の中から布に巻かれたものを取り出し、烏島に渡す。千里は目を瞠った。

「烏島さん……それ……」

「これ？　オークションサイトで落札したんだ」

烏島の手の中には、盗まれたはずの置時計と同じものがあった。

「まったく同じものを落札したんですか？」

「うちから盗まれたものだよ。この置時計は限定品でシリアルナンバーが入ってるんだ」

つまり、盗まれたものをオークションで競り落としたということか――千里は驚いた。

「どうやって見つけたんですか？」

「同業者には前もって連絡を入れておいたんだけど、オークションに出品される可能性も高いと思ってね。盗んですぐには出品されないだろうと踏んで、撒き餌をしておいたんだ。高値で買いたいと具体的な値段を提示してあちこちに書き込んだら、立て続けにこれと同じ時計がいくつか出品されてね――その中にあったんだよ」

烏島は男に向き直る。

「さて、自己紹介をしてくれるかい？」

「……サカグチユウキ」

　ぼそりと名乗った男に、烏島は表情を消す。

「それはきみがオークション用に友人から借りてる名義だろう？」

　冷たい声が、部屋の空気を凍らせる。男もそれを感じたのか、膝の上にのせた拳が震えていた。

「もう一度だけ訊くよ。きみの名前は？」

　これ以上、偽ることは許さない——言外に烏島はそう匂わせている。

「……華柳光一《こういち》」

　男が名乗った名前に、千里はまさか、と思う。これが華柳の息子——まったく父親に似ていない。親子だとはとても信じられない。

「父親は華柳満。旧華族の血を引くお坊ちゃんだ」

「ど……どうしてパパの名前を……」

　いい年をした男の口から出てきた「パパ」という単語に千里はアレルギー反応を起こしそうだった。青ざめる光一に、烏島は微笑みかける。

「泥棒に入った店にもう一度足を踏み入れるのはどんな気持ちだい？」

　烏島の言葉に、光一の顔色は青を通り越し、白くなっていた。

「パパにだけは言わないでください！　盗んだものは返しますから！　僕はただ頼まれただけで——」

「誰に頼まれた？」

鳥島が尋ねると、光一は力なく項垂れた。

「……恋人です……」

華柳の息子の恋人？　千里はドクンと心臓が脈打つのを感じた。

「まさか、三沢秋穂さんですか？」

千里が言うと、光一がはじかれたように顔を上げる。

「な、なんで僕の恋人のことまで知ってるんだ……」

「恋人に頼まれたと言ってるが、パソコンと置時計を盗んだのはきみの判断だろう？」

鳥島の言葉に、光一は死にかけの魚のようにぱくぱくと口を動かした。

「なっ、な、なんで……」

「この置時計を盗んだのは目が肥えている証拠だ。パッと見地味だし高そうにも見えない。きみの家にもこれと似たような置時計があったんじゃないかな？」

透明のケースに入った時計は、特に目を引くものではない。

「鳥島さん、その時計って高いんですか？」

「空気をエネルギーにして動く特殊な時計でね、この限定品はプレミアもついてるからこそこするよ。オークションは七桁スタートだった」

「なっ、なななななけた……！」

そんな高価な置時計を、防犯設備のない部屋に普通に置いていた鳥島にびっくりだ。千里の記憶が確かならば、置時計は埃をかぶっていた。コレクションのひとつである金メッキのメダル——神除《かみよけ》市の小さな剣道大会のもの——は千里に毎日磨かせるくせに、だ。

「お金持ちのお坊ちゃんが泥棒とはなげかわしい限りだね」

「……僕には自由に使える金なんかない」

光一はふて腐れたように言った。

「どうしてだい？　きみのお父様は社交クラブを運営して、ずいぶん羽振りよくやってるようじゃないか」

「社交クラブは赤字だよ。あの家の維持費は会費じゃまかなえない。パパの知り合いたちの寄付で成り立ってんだ。あとは全部女につぎ込んでる」

苦々しい表情で、光一は言う。

「父親に愛人がいることを知ってるのか？」

「僕もママも知ってるよ。ママの家はパパの家の名前目当て。パパの家はママの家の資産目当て——愛のない結婚さ」

千里は「ママ」呼びに鳥肌を立てながら、話を聞く。

「だとしても、まったく援助がないわけじゃないだろう？」

「……秋穂に全部持ってかれるんだ」

光一は左手の薬指に嵌めている指輪を弄りながら言う。千里は秋穂が光一と同じ指輪をしていたことを思い出した。

「持っていかれる？」

「あいつ、金遣い荒いんだ。ブランド物好きで、僕のカードで勝手に買い物してローン枠限界まで使ってさ……それがパパにばれて金もらえなくなったんだよ……」

光一は完全に秋穂の尻に敷かれているようだ。惚れた弱みというのは、げに恐ろしい。

「きみが恋人に盗みを頼まれた経緯を話してくれ」

烏島が光一に命じる。

「……秋穂が二ヶ月前に死んだ会員の靴が欲しいって言い出して」

「戸田カレンのことだね？」

光一は頷いた。

「秋穂がそいつの実家を訪ねたら片方は紛失してて、もう片方は処分したって言われたらしくて。興信所に頼んで靴の行方を調べさせた」

「そして、その右足の靴が僕の店にあるとわかった？」

「……そうです」

ダストッキューにかかってきた問い合わせの電話や烏島が感じた視線は興信所の人間のものだったようだ。

「きみの恋人はうちから靴を盗んでどうするつもりだった？」

「その靴を手に入れれば、デビュタントボールでファーストレディに選ばれるって秋穂は言ってた」

「左足の靴については？」

「興信所に調べてもらったけど、女が死んだときに片方しか履いてなかったってことしかわからなかったんだ。でも秋穂はそれを持っていった女の目星はついてるって」

千里の心臓が嫌な音を立てた。

「目星って？」

「それは教えてもらってない」

脳裏によぎるのは、青ざめた汀の顔だ。秋穂の言う目星は汀のことで間違いない。

「きみの恋人はその靴を履いて、デビュタントボールに出ようとしてるのかい？」

「……秋穂は招待されてないんだ」

千里は驚いた。ファーストレディの有力候補と言われていたので、てっきり招待されているものだと思いこんでいた。

「去年も今年も秋穂は招待者に入ってなかった。秋穂に命令されて、僕、パパに何度も頼んだんだ。でもパパは首を縦に振らなかった」

「それを聞いた彼女は？」

「僕がここに泥棒に入ったことを警察にばらすって怒りだして……なんとかそれは押しとどめたんだけど、諦めてないみたいだった。それなら考えがあるって」

そこまで必死になる秋穂に、千里は慄《おのの》いた。

「考えって？」

「わからない。教えてもらえなかった」

光一は力なく首を横に振る。

「きみの恋人はどうしてそこまでファーストレディに執着してるのかな」

光一はふん、と皮肉っぽく笑う。

「自分の出自を塗りかえたいのさ。秋穂はパパがやってる児童養護施設の出身だから」

千里は目を見開いた。

「それを打ち消しにできるような華々しい経歴がほしいんだよ。あいつはそのためならなんだってやる」

新しい『ラベル』を自分に貼りつけても、元の『ラベル』を剝がすことはできないのではないだろうか。千里はなんだかむなしく感じた。

「盗んだ靴は今どこにある？」

「……秋穂が持ち歩いてるよ。ファーストレディになるためのお守りだからって、肌身離さず」

「彼女に電話してくれ」

光一は携帯を取り出し、しぶしぶ電話をかけはじめた。烏島はそれを鋭い目で見ながら、脚を組み替える。

「……電話に出ない」

「きみがここに来ていることを知って逃げたんじゃないのか？」

烏島が言ったとたん、光一の携帯電話が今度は着信を知らせはじめた。

「誰だ？」

「……パパです」

烏島は目顔で「出ろ」と急かす。

「もしもし、パパ？　あー、いいけどなに？　用事があるなら早く――」

次の瞬間、光一の顔から表情が抜け落ちた。唇は戦慄《わなな》き、膝はがくがくと震えている。

「どうした？」

烏島が尋ねると、光一は呆けた顔をして口を開いた。

「……秋穂が死んだ……」

三沢秋穂が死んだのは、汀と口論していた日の夜だった。

華柳邸の図書室で、運悪く倒れてきた本棚の下敷きになったらしい。事故死と判断され、身寄りのない秋穂は密葬された。葬儀や荷物の整理は秋穂がいた児童養護施設の施設長が執り行ったという。

千里はその児童養護施設『聖柳《せいりゅう》ホーム』に向かっていた。

最寄りの駅を降りしばらく歩くと、灰色の壁に囲まれた建物が見えてきた。華柳が理事をしている『聖柳ホーム』だ。広い敷地には、児童養護施設の他、教会と墓地があるらしい。社交クラブのある華柳邸とは、車で十分ほどの距離がある。

錆びついた門を抜け、中に入る。庭木は多いが手入れはほとんどされていないようだった。建物の古さも相まって薄暗い印象を受ける。

施設の玄関口でインターホンを押すと、人のよさそうな初老の女性が出てきた。白髪交じりの長い髪の毛を背中で三つ編みにしている。

「こんにちは、光一さんの紹介で来ました。目黒と言います」

「施設長の織田《おだ》です。あら、薄雪荘の会員さんね」

千里がジャケットの襟につけているブローチを見た織田は、笑顔で応接室に案内してくれた。ソファに座ると、職員がお茶を運んでくる。

　華柳光一と薄雪荘の会員という『ラベル』は、ここでかなりの効果を発揮するらしい。

　烏島は光一を罪に問わないかわりに、靴を取り戻す協力をさせることにした。児童養護施設の施設長に秋穂の話を聞きたいという要望が通ったのも、光一の口利きのおかげだ。

烏島が光一のことを「頭は使えないが名前は使える」と評していたが、まさしくそのとおりだった。

「秋穂さんのことは本当に残念だったわ……まさかこんなことになるなんて」

　織田が茶を飲みながら呟いた。

「秋穂さんはどうしてあの図書室にいたんですか？」

「他の会員とトラブルを起こして揉めたそうなの。華柳さんが頭を冷やさせるために図書室に行かせたんだけど……閉館準備で見回りをしてた使用人の女性が呼びに行ったら、本棚の下敷きになっていたらしくて……」

　他の会員をトラブルに――おそらく汀だ。

「秋穂さんの持ち歩いていた鞄に、赤いダンスシューズは入っていませんでしたか？」

光一の話によると、秋穂は盗んだ右足の靴をお守りのように持ち歩いていたと言っていた。

「ダンスシューズ？」

「片方だけの……ソールに花の刻印があるんです」

千里の説明に、織田は首を傾げた。

「そういうものは見なかったわ。お財布と携帯と化粧品と……それくらいよ」

「秋穂さんの住んでいた部屋の整理も、織田さんがされたんですよね？　部屋にはありませんでしたか？」

「うーん、覚えてないわね……量も多いし、ほとんどゴミに出したわ。秋穂さんの住んでた部屋、次の借り手が決まったらしくて、早く空けなきゃならなかったから、もうてんやわんやで」

織田はそのときのことを思い出したのか、うんざりした顔をした。

質屋から盗まれた赤い靴はゴミになった可能性があるかもしれない——千里は烏島に報告することを思い、気が重くなった。

「あの、ここから薄雪荘の会員になる子は多いんですか？」

「年にひとりくらいかしら。華柳さんの慈善事業の一環なの。社交クラブ以外でも、華柳さんは施設出身の子をお屋敷で好待遇で雇ってくださっているのよ」

華柳は社会奉仕活動に熱心だと聞いていたが本当だったようだ。自分の息子の教育ももう少し熱心にするべきだったのでは、と余計なことを考えてしまった。

「秋穂さんも華柳さんに選ばれて？」

「いえ、彼女はちょっと……」

織田は言いにくそうに言葉を濁す。それでわかった。

「光一さんですね」

「ええ……お父様についてここに視察に来たとき、秋穂さんにひとめぼれしちゃってねえ。華柳さんは良い顔をしなかったけれど、華柳さんも似たようなことしてるから息子のことは言えないわね」

「似たようなこと？」

千里が首を傾げると、織田はさらに声をひそめる。

「薄雪荘の会員なら知ってるでしょう？　ダンス講師の」

「紫さんですか？」

紫もこの施設の出身だったのか。千里は驚いた。

「華柳さんに見初められて薄雪荘に入会したの。恋人がいたんだけど」

「恋人？」

「ええ。でも彼女、海外でダンスを学びたいという夢を持っていたから……お金がないと無理でしょう？　それで華柳さんと今の関係に」

思わぬかたちで紫が愛人になった経緯を知り、千里は複雑な気持ちになった。

「でもまさか、秋穂さんまで本棚の下敷きになるなんて」

織田が漏らした呟きに、千里は目を瞬かせた。

「秋穂さんの他にも、本棚の下敷きになった人がいたんですか？」

「紫さんよ」

織田はそう言って、ぬるくなった茶を飲み干した。

「彼女も薄雪荘の図書室で、本棚の下敷きになったの」

＊＊＊

薄雪荘の前でタクシーを降りた千里は、中に入る前に、烏島に電話をして児童養護施設で聞いたことを報告した。

紫のことまで話すかどうか迷ったが、秋穂と同じく本棚の下敷きになる事故に遭っているので、関連性はないかもしれないと前置きしてからすべて伝えた。

「――そうか。わかった」

右の靴が処分されたかもしれないという報告に、烏島は特に気落ちした様子を見せなかった。

「あの、烏島さん。私これからオーナーにデビュタントボールに出るかどうか、返事をしに行かなくちゃならないんですけど……」

「前に話したとおりだよ。出席すると言いなさい」

目的の靴も処分され、犯人の秋穂も死んだ。これで調査終了になると思い込んでいた千里は驚いた。

「でも烏島さん、右の靴は処分された可能性が――」

「可能性の話で、決定ではないだろう？　秋穂は盗んだ靴を持ち歩いていたと光一は話してる。でも手荷物からは見つかっていない。彼女が亡くなったのは薄雪荘だ。会員の誰かが秋穂から盗んだ可能性もある」

会員の誰かが――千里の胸に、嫌な予感がこみ上げる。

「僕の最優先事項は、盗まれた靴を取り戻すことだよ」

引き続きよろしく、と言って電話は切れた。千里は溜め息をつき、華柳の書斎に向かった。

「失礼します」

ノックをして中に入ると、大きな窓を鏡にしてピンク色の口紅を塗り直していた紫が、こちらを振り返った。

「こんばんは、千里さん」

「……こんばんは。あの、オーナーに呼ばれてきたんですが」

部屋の中をさりげなく見回すが、華柳の姿はない。

「ええ、知っています。どうぞそちらにおかけになってください。これからデビュタントボールの説明と出席確認をおこないます」

「紫さんがですか？」

千里は驚いた。

「はい。パーティに出る会員のお世話は私に任されているので。オーナーは支援者の方々のおもてなしで忙しいですから」

千里はすすめられるまま、デスクの前に置かれていた椅子に座った。この部屋に来るのは、会員になったとき以来だ。たった一ヶ月前のことなのに、いろいろとありすぎて何ヶ月も前のことのように感じる。

紫は口紅のキャップを締めポケットにしまうと、書類の入ったケースを持ってデスクについた。その際、右手の中指の指輪が千里の目に入った。

「綺麗な指輪ですね」

この指輪を見るのははじめてではないが、ライトに反射して紫に揺らめく妖しい輝きに、思わず言葉が口をついて出た。

「バイオレットダイヤです」

紫は目を細め、指輪を見る。

「ダイヤモンドなんですか？」

「ええ、希少なものみたいで……ここに入ったときにお祝いでいただいたんです」

贈り主は華柳だろう。夢を追うために愛人になったと聞いたが、紫は華柳に大事にされているようだった。紫の立場に憧れる会員がいるというのも、わからなくはない。

「ではお話をはじめさせていただきます。目黒千里さん、あなたは薄雪荘のデビュタントボールに出席しますか？」

「……出席します」

紫は書類を千里の前に置いた。

「デビュタントボールについて、会員同士の情報の共有、会話は厳禁です。これから得る情報やそこで起こった出来事も一切漏らしてはいけません」

「はい」

少し緊張しつつ、千里は頷いた。

「支援者の方々は、仮面をつけて参加されます」

「仮面……？　私もつけるんですか？」

「いいえ、支援者の方だけです。中には顔や名の知られている方もいらっしゃいますので、騒ぎにならないように。会員はあちらが話さない限り個人的な質問をしてはいけません。もし違反した場合、会員資格をはく奪、会費の返還と薄雪荘の信用を落とした損害を賠償していただくことになります」

静かだが強い口調だった。デビュタントボールについての具体的な情報がほとんど流れないのはこのせいか、と千里は納得し、これも了承した。

「相手の方に自己紹介はしなくていいんですか？」

「どのように交流するかは会員本人にお任せしています。みなさん、会員の飛躍を願って援助してくれる方々ですから、くれぐれも機嫌を損ねるような態度はとらないようにしてください」

「わかりました」

会員のお披露目ということだが、千里の脳裏に浮かんだのは『接待』の二文字だ。

以前、勤めていた会社の飲み会で先輩から「上司の機嫌を損ねないように」と釘を刺され、機嫌を取りながらお酌して回ったことを思い出す。

「最後に――デビュタントボールに出席されたみなさんは、薄雪荘を名誉会員というかたちで卒業していただくことになります」

万津子が言っていた通りだった。どれだけの人間が参加するのかはわからないが、会員の入れ替わりが激しいのはこのせいもあるのだろう。

「今説明した内容が先ほどお渡しした書類に記載されています。目を通してから、サインと拇印をお願いします」

ペンと朱肉と渡された。千里がサインをして拇印を押すと、紫はそれを確認し、かわりにスケジュールの書かれたカードを差し出した。

「当日はダンスシューズを持ってこの部屋に来てください。ドレスやパーティに必要な小物はこちらで用意していますから」

「……わかりました」

想像していたよりも厳格なパーティのようだ。ルールがあり、署名までさせられる。千里は不安になった。

「前日には薄雪荘でリハーサルがあります。オーナーが指導しますので、従ってくださいね」

烏島に言われたとおり、薄雪荘には近づかないようにしていた。あそこでリハーサルがあるなら靴職人の工房を『視る』チャンスだ。

「他に質問はありますか？」

紫に問われ、千里は少し迷ってから口を開いた。

「……秋穂さんのことなんですけど」

千里が言うと、紫は目を伏せた。

「私も昔、あそこで本棚の下敷きになったんです」

小さな声で、紫は語り始めた。

「……図書室の本棚は重く大きいんです。倒れてきたらひとたまりもありません」

「……足の怪我は、それで？」

「ええ。ひとりだったので、誰も助けてくれなくて。声を出してもあの部屋からはなかなか届かなくて……重傷を負いました」

そう語る紫の口調は重い。以前、本館を案内してもらった際、紫があの部屋の中に入らなかった理由を、千里はようやく理解した。

「秋穂さんには私、あまり好かれてはいませんでしたけど、私は目をかけていたので……本当に残念です」

秋穂は汀だけではなく紫にも侮辱的な台詞を吐いていた。もしかしたら同じ施設出身者として、紫に対しジレンマのようなものを抱えていたのかもしれない。

「優秀な会員が立て続けに亡くなってオーナーもデビュタントボールを開催するか迷ってらっしゃるようでしたが、こういうときこそ開催すべきだという支援者の方からのお声もあって開催を決めたんです。ですから千里さんには彼女たちのぶんまでデビュタントボールを楽しんでもらいたいんです」

紫はそう言って微笑んだ。

「紫さんも薄雪荘の会員だったんですよね。やっぱりデビュタントボールは会員にとって特別なことなんですか？」

「そうですね。招待されないまま卒業していく会員も多いんです。私もそのひとりでした」

千里は目を瞬かせた。

「紫さんがですか？」

「ええ」

華柳に見初められたのだから、当然出席したものと思いこんでいた。

「小さなころから薄雪荘のデビュタントボールで踊ることをずっと夢見ていたんです……そしていずれは海外でダンスの勉強を……結局叶いませんでしたけど」

「……そうだったんですね」

紫がそれだけ憧れていたものに、ぽっと出の自分が参加することが申し訳なくなった。

「でも今は、裏方でデビュタントボールに出る会員のみなさんのお世話をすることがとても楽しいんですよ」

「紫さん……」

健気な言葉に、千里の胸が疼く。

「レッスンの成果を発揮して、飛躍のチャンスを摑み取ってくださいね」

紫はそう言って、微笑んだ。

＊＊＊

華柳の書斎を出てから、千里はティーサロンに向かった。

そこでは、秋穂が亡くなった話題で持ちきりだった。

中心にいるのは、秋穂の取り巻きをしていたふたりの侍女だ。彼女たちは悲しむ様子もなく秋穂の死について話し、彼女の悪口を言っていた。

いたたまれなくなった千里は席にはつかず、ティーサロンを出て、トイレに入った。

薄雪荘のお手洗いは古い建物の外観に反し、最新式のものに改装されている。トイレだけでなく、パウダールームもあり、たまに会員がおしゃべりをする場所になることもある。

「秋穂さん、図書室の本棚の下敷きになって亡くなったらしいね」

千里が個室に入っていると、ふたつの足音が聞こえてきた。

声の遠さから、ふたりはパウダールームの方に入ったようだった。

「最有力候補だったカレンさんがいなくなって、自分が『ファーストレディ』になれるっ

「私は有力候補は汀さんだと思ってたわ。カレンさんや秋穂さんって二十歳でしょ？　オバサンじゃない」

「いくら美人でも年齢にはかなわないもんね」

　笑い声はこちらにまで響いてくる。

「そういえば知ってる？　汀さんが秋穂さんを殺したんじゃないかって噂」

　ドクン、と千里の心臓が嫌な音をたてた。

「聞いた！　ずっといじめられてたし、動機はあるよねー」

　ふたりのおしゃべりは止まらない。

「汀さんの母親って、まだ料亭の女将してるんでしょ。七杜家から十分な援助を貰えてないのかな」

「本妻は亡くなってるのに愛人止まりなんだから、その程度の扱いってことなんじゃない？　だからあの子、今も母方の名字なんでしょ？」

　くすくすと笑う声は重なり合い、不協和音となって千里の耳に届く。千里はトイレの水を流すと、派手に扉を開け、パウダールームへと足を踏み入れた。

「千里さん？」

　そこにいたのは、西山香織と東村沙希だった。千里がいるとは思わなかったのだろう。ふたりとも驚いた表情をしている。

「今度、私、七杜宗介さんと食事をすることになってるんです」

千里が言うと、ふたりの顔色が変わった。

「陰口は誰もいないところで叩いた方がいいですよ。でないと私、口が滑っちゃうかもしれません」

東西コンビは顔を青くし、ポーチを持って足早にパウダールームを出て行った。千里はふんと鼻を鳴らし、洗面台で手を洗う。

「――おせっかいね」

そのとき、鏡越しにトイレの個室のドアが開くのが見えた。そこから出てきたのは、不機嫌そうな表情をした汀だった。

「……汀さん、いつからそこに」

「あなたが入ってくる前からいたわ」

汀はそう言って、千里の隣の洗面台で手を洗いはじめた。

「私に関わるなって言ったはずだけど」

「私が秋穂さんに目をつけられないように、そう言ってくれたんでしょう」

汀は優しい。かなりわかりにくいが、まわりをよく見て、気を遣っている。千里などよりも、ずっと。

「でも、もう秋穂さんはいなくなったから――」

「いなくなってなんかないわ」

強い口調で汀は否定した。

「女王蜂がいなくなれば、すぐに第二、第三の女王蜂が現れる。知ってるでしょう？　秋穂さんがいなくなってからも、取り巻きが私の悪い噂を流しているの」

「汀さん……」

「彼女たちは秋穂さんの言いなりになってたわけじゃない。元々同じような性格だっただけ。私の立場がよくなることはないわ」

ハンカチで手を拭きながら、汀は目を伏せた。

「……秋穂さんが汀さんに攻撃的な態度をとっていたのは、どうしてですか？」

ずっと気になっていたことを、千里は尋ねた。

「私、ここに入会する前に、デビュタントボールに出ることが決まってたの」

「入る前から？」

「そうよ。オーナーに社交クラブに誘われたときに、それを条件に入ったの。秋穂さん、どこからかそれを聞きつけたらしくて、私が入会したときから嫌がらせをしてきたの」

嫌がらせ、という言葉は軽い気がする。汀の孤立した状況を見ても、かなりひどいものではなかったのだろうか。

「カレンさんがいるときは、カレンさんにも矛先が向かってたんだけど……」

汀からカレンの名前が出てきたことに、千里はドキリとする。

「カレンさんって、事故で亡くなった方ですよね」

千里が慎重に切りだせば、汀は「そうよ」と小さく頷いた。

「仲が良かったんですか？」

「たまに話すくらい。クラブ外でのつきあいはなかったわ。ここではみんなライバルだから」

表面上は仲良くしていても、みんな敵だ――万津子も同じようなことを言っていた。

「汀さんはどうしてデビュタントボールに出たいんですか？」

執拗な嫌がらせを我慢してまで、ここにいる。たいした嫌がらせを受けていない千里でさえ、逃げだしたくなった。仕事なので、我慢しているだけだ。

「……認められたいから」

「なにをですか？」

「なんでもいいでしょう。とにかく私は、ファーストレディにならなきゃいけないの」

なりたい、ではなく、ならなきゃいけない――千里の脳裏によぎるのは、カレンの赤い靴だ。

「……汀さんはダンスホールの怪人って知っていますか？」

汀が驚いたように千里を見た。

「……なに、急に？」

「ダンスホールの怪人がつくった靴を手に入れた女性は、デビュタントボールで一番になれるって言い伝えです」

汀は千里から視線を逸らした。

「……さあ、はじめて聞いたわ」

嘘をついている、とすぐにわかった。万津子は会員なら知っている話だと言っていた。

汀がファーストレディを狙っているなら、そういう情報はとっくに手に入れているだろう。

だが、千里はそれ以上追及できなかった。汀を疑いたくないという気持ちが、千里の喉を塞ぐ。

「そういえばあなた、私があげた服はどうしたの？」

汀が話を変えるように、千里が着ているペラペラのスーツを指さした。

「あ……それなら家に置いてあります」

「なんで着ないの？」

「……あの服、宗介さんからのプレゼントですよね？」

汀の表情がぴくりと動いた。

「お兄さまが話したの？」

宗介からはなにも聞いていない――『力』を使ったのだ。

「なんとなくそうかなと思って……」

「お兄さまのことは気にしなくていいわよ」

「宗介さんが汀さんのことを考えて選んだものですよ。今度返しますから」

汀は不機嫌そうに目を眇《すが》めた。

「どうしてそんなことわかるのよ」

「それは……わかるものはわかるんです」

服に触れたとき、真剣にプレゼントを選ぶ宗介の様子が視えた。人任せにせず、宗介自身が汀のために選んだ服だ。千里が貰うわけにはいかない。

「……お兄さまは気を遣ってるだけなのよ」

「気？」

「七杜家当主の血を引きながら、七杜家の人間にはなれない私に同情してるの」

千里は息をのんだ。

「……ごめんなさい。今のは聞かなかったことにして」

汀はそう言い、トイレを出ていった。

「こんにちはー」

出勤するためにアパートを出たところで、下の階に住む女子大生が声をかけてきた。白いシャツに黒いスーツを着ている。それを見て、彼女がまだ就職活動中だと知った。

「……こんにちは」

千里が挨拶を返すと、女子大生はにこにこと笑いながら寄ってくる。少し前までは生活時間が違うのか顔を合わせることはほとんどなく、声をかけられるようになったのは最近のことだった。

「今から出勤ですか？　優雅でいいですよねー」

始業時間と就業時間がずれ込んでいるだけで、勤務時間が短いわけではないのだが、昼から出るだけで優雅と思われるらしい。

「きっと私の方が忙しいですよ。就職活動とバイトで」

「大変ですね」

大学四年生でこの時期に就職先が決まっていないとなると、確かになかなか大変だろう。素直にそう言うと、女子大生が真顔になった。

「大家さんに聞いたんですけど、目黒さんて質屋で働いてるんですよね？」

「はい」

「質屋なら私も軽く受かるかなー。でも私、目黒さんみたいに妥協したくないんですよねー。大手企業しか受けてないんですけど、ほとんど最終面接までいってますし。中小企業だったら内定もきっと軽く出ると思うんですけど」

訊いてもいないことを彼女はペラペラとしゃべりだす。千里があっけにとられていると、女子大生は満足したのか、笑顔を浮かべた。

「そういえば、ポストのイタズラってなくなりました？」

「いえ、まだです……」

「私のところもなんですよー。困りますよねー」

女子大生は大袈裟に顔を顰めてから、「そろそろ失礼しますね」と明るく言って、自分の部屋に入っていった。

＊＊＊

「――烏島さん、なにやってるんですか？」

千里が質屋の二階の部屋に入ると、棚に飾ってあった烏島のコレクションがシートを敷いた床の上に並べられていた。

その中心にいるのは、他の誰でもない烏島だ。

「靴が戻ってきたときに備えて、場所を作ってるんだよ」

コレクションを配置し直しながら言う烏島に、千里は困惑した。

「烏島さん、こっちでちょっと休みましょう」

千里は烏島の腕を引き、ソファに座らせた。千里はその前に膝をつき、顔を覗き込む。

こうやって烏島が部屋を散らかすのははじめてのことだ。表面上はいつもどおりに見えるが、本当は靴が戻ってこないせいで、かなりストレスが溜まっているのではないだろうか。

「紅茶淹れましょうか？」

「いや、結構。自分で淹れた方がおいしいから」

確かにそのとおりなので、千里は反論できない。気をとり直し、烏島の目を見つめる。

「烏島さん、靴が戻ってくるって、なにか根拠があるんですか？」

「野生の勘」

「野生……」

千里は烏島をまじまじと見た。一日のほとんどを店で過ごし、外に出ない烏島は、野生からはほど遠い気がする。

「目黒くん、きみ、今失礼なことを考えなかった？」

「えっ、いえ、なにも！」

千里はぶんぶんと首を横に振る。

「そんなに否定するとは怪しいな。怒らないから言ってごらん？」

烏島に腕を摑まれる。じりじりと距離をつめられた。迫る笑顔が怖い。間違いない、これはかなりストレスが溜まっている。

そのとき、質屋の二階のドアがノックされた。

「烏島さん、お客さまです！」

「……タイミングが悪いな」

烏島は顔を顰め、千里から離れた。こちらとしてはナイスタイミングだ。千里は来客に感謝しながらドアを開けた。

「いらっしゃいま――せ？」

そこに立っていたのはピンク色のワンピースを着た光一だった。

「……私の顔になにか？」

鼻にかかる甘い声。光一ではなく、光一に似た女性だ。

「し、失礼しました。どういうご用件でしょうか？」

「烏島さまはいらっしゃいますかしら」

千里の後ろから、烏島が顔を出した。女の顔を見てピクリとその表情が動いたが、すぐにポーカーフェイスに戻る。

「烏島は僕ですが」

「わたくし、華柳光一の母でございます。烏島さまに大事なお話があって参りました」

「そうですか。散らかっていますが、どうぞ」

烏島は光一の母親をソファに案内する。千里は烏島の邪魔にならないよう、お茶を淹れたあとは部屋の隅で待機した。

「華柳澄子《すみこ》と申します」

華柳の妻であり、光一の母親である女は、そう自己紹介した。

髪は明るいショートカット。特徴的な大きな耳と小さな目——光一は完全に母親似だ。

「大事なお話とはなんでしょう？」

烏島が尋ねると、澄子は部屋の隅にいる千里をちらりと見た。

「失礼ですが、あちらの女性は？」

「うちの従業員です。口は堅いので、ご心配なく」

澄子は持っていたオレンジ色のバッグから、風呂敷包みを取り出した。

「息子がこちらにご迷惑をかけたと主人から聞いて、謝罪に参りましたの」

中に入っていたのは分厚い札束が五束——もちろん諭吉だ。

「口止め料、というわけですか」

「ええ。どうかこれでご勘弁いただけないでしょうか」

烏島はちらりと札束を見てから、澄子に視線を戻した。

「息子さんが盗みを働いたことを、ご主人はどこでお知りになったんですか」

「さあ、わたくしはお金を渡されて謝罪に行けと言われただけですから」

「尻拭いはいつも奥さままかせですか」

烏島が尋ねると、澄子は「ええ」と自嘲するように笑った。

「光一さんの恋人だった秋穂さんが、盗みの共犯だったこともご存知ですか？」

秋穂の名前に、澄子は形相を変えた。

「主人から聞きました。光一が悪行に走るようになったのは、すべてあの女のせいなんです」

憎々しげに澄子は言う。千里はうすら寒いものを感じた。確かに盗みに入るよう頼んだのは秋穂だが、時計とパソコンを盗んだのは光一の意思だ。

「秋穂さんが亡くなったことは？」

「知っております。あの女には散々迷惑をかけられましたから。罰が当たったんですわ」

澄子の憤りはかなりのものだった。

「主人のようになにも持たない女を囲うような真似を息子には絶対にさせたくなかったので、今は死んでくれてほっとしております」

「なにも持たない女とは、紫さんのことですか」

「あら、ご存知ですの？」

烏島が頷くと、澄子は笑った。

「あれは恐ろしい女です。男の思いどおりになりそうでならない。主人はあの女に操られて靴や服、化粧品に至るまで欲しがるものはなんでも与えて……あげくの果てには華柳家の家宝まで」

「家宝とは？」

「バイオレットダイヤの指輪です」

千里は紫の指に輝いていた指輪を思い出した。まさか華柳家の家宝だったとは思わなかった。

「あの指輪は結婚時にわたくしに与えられたものでした。ですが主人の父親が死んで目付役がいなくなると、主人はわたくしから取り上げて、あの小娘に与えたんです。愛人契約の証として」

ギリギリと歯ぎしりする音が聞こえてくる。顔に寄った皺が、一層澄子を猿めいて見せていた。

「それでもご主人と別れない理由はなんですか」

「子供のためですわ」

簡潔な答えだった。

「恵まれた名と資産を持って、息子は産まれました。あの子を守るためなら、わたくしはどんな犠牲でも払えます」

「ご主人が紫さんを溺愛していても？」

烏島の問いに、澄子はしばらくの間、沈黙した。

「……あなた、紫という名前の意味をご存知？」

「いいえ」

鳥島が言うと、澄子は仄暗い笑みを浮かべた。

「正妻にはなれない女の名前です——日向に立てない女は日陰で枯れていくしかありませんから」

＊＊＊

「——千里ちゃん！」

仕事を終えてアパートに帰る途中、馴染みのない声に名前を呼ばれた千里は、警戒しながら後ろを振り返った。

「光一さん……？」

腕や胸につけたアクセサリーをジャラジャラいわせながら走ってくるのは、華柳光一だった。

「久しぶり！　僕のこと、覚えててくれたんだ！」

華柳光一はパッと表情を輝かせる。つい先ほどまで質屋で光一の母親の顔を見ていたせいか、久しぶりに会ったような気がしない。

「こんなところでなにをしてるんですか？」

すぐそばには千里が住んでいるアパートがある。住所を教えた記憶はない。

「千里ちゃんを待ってたんだ」

ついでに言えば、下の名前で呼ばれるほど、親しくなった覚えもない。

「ご用があるなら、烏島さんに連絡してください。では」

歩き出そうとした千里の手首を、光一が握った。

「いや、きみに会いたかったんだよ」

「えっ、なんでですか？」

「俺、思ったんだ。秋穂は美人だけどそれだけだったなって……たまにはきみみたいな平凡な女の子と付き合ってみるのもいいかなって」

手首を握ったまま、猫撫で声で光一が身体を寄せてくる。

「ちょ、ちょっと近いです。離してください」

「秋穂がいなくなって寂しいんだ……誰かに慰めてほしくて――っ？」

「寂しいなら『ママ』に慰めてもらえ」

凄むような低い声がした。振り返ると、制服姿の宗介が立っている。

「ったく、誰の許可を得て千里に触ってるんだよ」

宗介はそう言って、光一の腕をひねりあげた。

「きょ、許可ってなんなんだよ！　離せって！」

「離してほしけりゃ千里の手を離せ」

光一が掴んでいた千里の手首を解放すると、宗介も光一の腕を離した。

「くそっ、僕を誰だと思ってるんだ！　訴えるぞ！」

光一はよろめきながら宗介を睨みつける。その目は半泣きだ。残念なことに迫力がない。

「七杜宗介だ」

「……は？」

「訴えるんだろ？　だから名前を教えてやってんだよ」

光一は「ななもり……」と呟き、顔面蒼白になった。状況を理解したのか、背中を向け、一目散に走りだす。それを見ながら、宗介が口を開いた。

「あれ、華柳の息子だろ」

「宗介さん、知ってるんですか？」

「パーティで何度か顔を合わせたことがある。マザコンで有名だ」

マザコンというどうでもいい情報まで伝わるとは。千里は光一にほんの少し同情した。

「……前々から思ってたんですけど、鳳凰の制服ってシークレットサービスみたいですね」

衣替えしたのか、宗介は黒のズボンにブレザー、そして水色のシャツに黒のネクタイを締めていた。

「俺に警護しろと？　あんたも偉くなったもんだな。それよりアイツと知り合いなのか？」

「ちょっと仕事で関わっただけです」

千里は自分の家に向かって歩きはじめた。宗介もあとをついてくる。

「宗介さん、今日はどうかしたんですか？」

「メシつくってくれるって約束だったろ」

「えっ、今から？　材料ないですよ」

「買ってきた」

宗介は持っていた袋を掲げて見せた。準備がいい。

「わかりましたよ。つくります」

千里は溜め息をつき、アパートの郵便受けを開けた。チラシやＤＭ、請求書の封筒など、まとめて手に取る。

「……おい、その手、どうした」

階段を上がり部屋の前まで来たとき、宗介が千里の手を取った。千里が自分の手を見ると、手のひらに赤い色がべったりとついている。一瞬驚いたが、すぐにいつもの嫌がらせだとわかった。

「血じゃないな。インクか？」

「……みたいですね。宗介さん、すみません。スカートのポケットから家の鍵取ってもらってもいいですか？」

千里が頼むと、宗介はなぜか焦ったような顔をした。

「なんで俺が取らなきゃならないんだよ」

「手が使えないから仕方ないでしょう？　お願いします」

「……わかったよ！」

宗介は千里から視線を逸らしながら、タイトスカートのポケットに手を入れる。

「……あったぞ」

「ついでにドアも開けてください」

宗介がドアを開けた。髪からのぞく耳がなぜか赤くなっている。千里は首を傾げながら中に入り、洗面所で手を洗った。

「その様子だと、はじめてじゃなさそうだな」

「ええ、最近多くて……」

洗面所から出ると、仁王立ちの宗介が待ち構えていた。

「犯人、〝視た〟のか？」

千里は頷いた。嫌がらせ犯は被害者の反応を見るために身近にいることが多い。声をかけてくることも増えると聞いたことがあるが、まったくそのとおりだった。

「同じアパートの住人なんです……あまり刺激して悪化しても困るし、どうすればいいかわからなくて」

「ここ、防犯カメラはないのかよ」

「お金をかけられないみたいです。このアパート満室になってないし、家賃も安いし、大家さんもかなりのお年なんで」

千里の説明に、宗介は溜め息をついた。

「……その力、不便だな」

「え？」

「視た映像は証拠にならないのに犯人は誰かわかる。ストレスが溜まる一方じゃねえか」

確かにそうだ。犯人はわかるが、証拠は別に掴まなければならない。証拠が掴めなければ、野放しにするしかない。千里が『視る』ことを躊躇するのは、そのせいもある。

宗介は部屋の隅に置いてある千里の両親の位牌に線香をあげてから、座布団の上で胡坐をかいた。

「千里」

「はい？」

千里が宗介の買ってきたものを確認し野菜を洗っていると、おもむろに名前を呼ばれた。

「あんた、両親の遺品、どうした？」

「叔父がほとんど処分しましたよ。残っているのはふたりの結婚指輪くらいです」

烏島に買い取ってもらい損ねたため、まだ手元に残っている。

「処分されて、なんとも思わなかったのか？」

「私、モノに執着ないんですよ」

千里にとってモノは、過去を映し出す鏡だ。自分のものでさえ必要最低限に絞り、抱えたくない。

「烏島と正反対だな」

「そうですね」

モノを所有し続けるには労力がいる。処分するのも同じだ。だからなるべくモノを持ちたくない。

「――俺の母親が死んだとき」

千里は包丁を動かす手を止め、宗介を見た。

「見舞いにも来なかった連中が目の色を変えて、母親の着物や宝石を形見だなんだと理由をつけて、持っていった」

位牌を見つめながら、宗介が言う。千里は宗介がカレンの継母に強い嫌悪感を抱いていた理由がわかった気がした。

「宗介さん」

「なんだよ」

「シチュー、好きですか？」

宗介が買ってきた買い物袋の中には鶏肉が入っていた。野菜と牛乳は買い置きがある。

「……ブロッコリーは入れないでくれ」

小声のお願いに、千里は噴き出しそうになった。

「なんだよ」

「いいえ、なんでも。あ、お茶出しますね」

いくら大人びた言動をとっても、好き嫌いをするところはやはり子供だ。千里は笑いを堪えながら、温かいほうじ茶を淹れる。

テーブルにお茶を置くと、宗介の視線が部屋の隅に置いてあるブランド物の紙袋に向けられていることに気づいた。

「……それ、このあいだ汀さんから貰ったんです。社交クラブに着ていけって」

「……そうか」

「宗介さんが選んだものなんでしょう？」

宗介が驚いたように千里を見た。

「視たのか」

「すみません。なんだか高そうなワンピースだし、袖を通してないみたいだから気になって。折を見て、汀さんに返しますから」

「別にいい。あいつがあんたにやったんなら、あんたのもんだ」

宗介は紙袋から目を逸らし、お茶を飲んだ。

「汀はどうしてる？」

千里は少し迷ってから、口を開いた。

「……薄雪荘の活動を支援している男性に会員をお披露目する舞踏会が、もうすぐ開かれるんです」

「舞踏会？」

「はい。十月の収穫祭の日に」

宗介は目を眇めた。

「あんたも出るのか？」

「汀さんも出ます。支援者からの投票で会員の中で一番の『レディ』を決める——その有力候補が、靴の持ち主であるカレンさん、カレンさんの靴を質屋から盗んだ秋穂さん、そして汀さんです」

宗介の表情が変わった。

「カレンさんも秋穂さんも、事故で亡くなりました」

千里の言葉に、宗介が顔を顰める。

「まさか汀が殺したとでも言うのか」

「……私は今、汀さんが危うい場所にいるってことを言いたいんです」

ファーストレディの有力候補と、ファーストレディになれるという言い伝えの靴が消えた。それらがすべて、汀に繋がっているように思えて仕方ない。

「宗介さん、汀さんに会って話をしてみたらどうですか？」

「無理だ」

考えもせずに返ってきた答えに、千里はカチンときた。

「なんでですか？」

「俺は嫌われてる」

決まり悪そうな表情で、宗介は言った。

「なにをプレゼントしても喜ばない。笑わない。昔からそうだった。そんな相手と会ってなにを話せって言うんだよ」

千里はふつふつと湧き上がる感情を抑えながら、口を開いた。

「汀さんが屋敷の使用人に嫌がらせされていること、知っていますか」

「……なんだと？」

「社交クラブでも、愛人の子だって言われて、孤立しています。でも我慢してるんですよ。七杜っていう『ラベル』を汚さないために」

弱みを見せれば攻撃される環境に彼女はいるが、彼女は背負う名前や関係者たちに迷惑をかけることを恐れ、黙っている。誰にも相談できない、弱いところをさらけ出せない。

「まともに話そうともしないで、プレゼントだけ贈って笑わないから嫌われてるって？　自己完結もいいところです」

宗介が千里を睨みつけてきた。

「あんたには関係ない話だろ」

「だったら私を通して汀さんの様子を探るような真似しないでください！」

しばらく睨み合いが続いたあと、宗介が立ち上がった。

「宗介さん？」

バタンと音を立て、乱暴に扉が閉まった。

宗介が買ってきた山のような食材と一緒に取り残された千里は、しばらくその場から動けなかった。

地下の秘事

「十五分休憩します」

ダンスホールに、華柳の張りのある声が響いた。

整列していた会員たちは、思い思いに散らばっていく。だが、会話はない。

なぜならこれはデビュタントボールのリハーサルだからだ。

参加している会員は二十名ほど。知らない顔ばかりだ。その中に、汀の姿もあった。

午後四時からはじまったリハーサルはすでに二時間を超えていた。指導するのはオーナーの華柳だ。入場の際のフォーメーションや会員紹介の際の位置確認が入念におこなわれる。待ちに待った休憩だ。千里はトイレに向かうふりをして、足早にダンスホールを出た。チャンスは今しかない。

廊下の窓からは、赤い日の光が差し込んでいた。

不気味な色を浴びながら廊下を進み、まわりに人がいないことを確認して、物置部屋に入る。ポケットに忍ばせていたペンライト——烏島が用意してくれたコンパクトだが強力な光を放つものだ——をつけ、床板を外し、あらわれた階段をおりていく。

天井の低い廊下を歩き、靴職人の工房がある小さな部屋に入った。壁に吊るされた靴型は懐中電灯で照らすと、切断された人間の足のように見えてかなり不気味だ。

この工房で、エーデルワイスの刻印が入ったダンスシューズがつくられていた。だとしたらこの靴型の中にカレンのものもあるはずだ。知りたいのは、それを誰がつくったか、だった。

華柳家の靴職人は既に亡くなっている。もし彼がつくったとしたら幽霊だ——烏島はそう言って笑っていたが、実際、『視』なければいけない千里には笑い事ではない。幽霊の類は苦手なのだ。

だが躊躇している時間はない。千里は腹をくくり、作業台の上に手を置いた。深呼吸して目を閉じる——映像はすぐに浮かんできた。

まずはじめに視えたのは、赤いサテンの生地だ。それからしばらくして、椅子に座った美しい女性が視えた——カレンだ。その足元に跪き、カレンの靴を調整している男——そのどれもが、鮮やかに映し出される。

映像の中で男が顔を上げ、女に微笑みかけた。

キィとなにかが軋むような音がして、千里は目を開けた。

部屋の扉の前に、ランプを持った白い人影が立っていることに気づいた。

「ここでなにしているの？」

ランプを持って部屋に入ってきたのは、あの夜、千里を薄雪荘に案内してくれた使用人の男だった。

「……あなたこそ」

声が掠れた。心臓がバクバクと跳ねている。

「僕はほぼ毎日、ここの掃除をしにきてるんだよ」

男が作業台の上にランプを置く。その横顔が、映像の男と重なった。

「——あなたは、ダンスホールの怪人なんですか？」

千里の質問に、男は首を傾げる。

「……僕？」

「戸田カレンさんの靴をつくったのは、あなたですよね？」

ぴくりと男の表情が動いた。

「……彼女に聞いたの？」

千里は質問には答えず、先ほど『視た』映像を頼りに壁にかかっている木製の靴型を取り、作業台に置いた。それには、『ＫＡＲＥＮ』とアルファベットの焼き印が刻まれている。

男はそれを見て、小さく息を吐いた。

「彼女に頼まれたんだ——自分のためにダンスシューズをつくってほしいって」

「カレンさんが、ファーストレディになるためにですか」

「ファーストレディ？」

男が目を眇める。

「ダンスホールの怪人の靴を手に入れれば、デビュタントボールでファーストレディになれるって聞きました」

「怪人なんて存在しないよ。昔、ここの靴職人がつくった靴を履いた女性がたまたまデビュタントボールで男性の人気の的になったんだ。それが大袈裟に伝えられて『ダンスホールの怪人』という迷信をつくりだした」

そう説明しながら、男はああ、と手を叩いた。

「もしかしてきみ、ファーストレディになるために、ダンスホールの怪人に靴をつくってもらおうとしたの？　無駄だよ。僕の作った靴にそんな効力はない。ただの見習いだったんだから」

「見習い？」

男は頷いた。

「中学を卒業してすぐ、僕は華柳家の使用人として働きながら師匠――華柳家専属の靴職人に、ここで靴づくりを習ってたんだ」

習っていた――過去形だ。

「今もですか」

「いや、だいぶ前にやめたよ」

男は言葉を濁し、カレンの靴型に触れる。

「やめたのに毎日、工房を掃除しているんですか？」

「弟子をやってるときは工房の掃除を任されていてね。ピカピカにしていないとよく師匠に怒られた。そのせいか、今もきれいにしていないと落ち着かないんだ」

男は愛おしげに作業台を撫でる。靴を作ることが嫌いになってやめたのではない――その表情を見て、すぐにわかった。

「あなた、私をここに案内してくれた時に、地下通路を使って好きな人に会ってたって言ってましたよね。それはカレンさんのことだったんじゃないんですか？」

男は大きな目を見開いた。

「違うよ。彼女とはそういう関係じゃない」

「靴までつくったのに？」

仕事でもないのに、なんとも思っていない相手に靴をつくったりはしないはずだ。

「見回りをしていたときに、ダンスホールで自主練習をしていた彼女とたまたま出会ったんだ。それからよく顔を合わせるようになって……話をしたり、たまにダンスの相手をしたりして過ごしていた。それ以上の関係はないよ」

「カレンさんはあなたに好意を持っていたんじゃないんですか？」

映像で視たカレンの表情には、この男に対する隠し切れない好意があふれていた。

「……確かに僕に好意を抱いてくれてた。でも彼女は社長令嬢だ。僕のような使用人とは釣り合わない。もう会わない方がいいと言ったら、思い出に僕がつくった靴が欲しいと」

「思い出？」

「……初恋の思い出にしたいと言われたんだよ」

そう言って、男は目を伏せる。初恋の思い出――千里はそう言ったカレンの心情を思い、胸が締め付けられるような気持ちになった。

「はじめは断ったんだ。でも何度も頼まれるうちに、心を動かされた」

「……本当になんとも思ってなかったんですか？」

男は悲しそうに微笑む。

「僕には他に好きな人がいるから」

そのとき、上の方から笛の音が聞こえてきた。そろそろ休憩が終わる合図だ。

「……今日はデビュタントボールのリハーサルか。きみも出るんだね？」

「……はい」

「彼女も？」

千里は口を噤んだ。男と話していて、ずっと感じていた違和感の正体がわかった——男は知らないのだ、カレンが亡くなっていることを。

「カレンさんは出ません」

「……そう」

なぜか男は、ほっとしたような顔をする。

「あなたはカレンさんとは……」

「靴を渡してからは会ってないよ」

男がつくった靴のせいで、カレンは命を落としたかもしれない——千里は言えなかった。

また笛の音がした。休憩終了の合図だ。これ以上ここにはいられない。

部屋を出るとき、千里は男を振り返った。

男はカレンの靴型を、慈愛に満ちた目で見つめていた。

千里は湧き上がる罪悪感を押し殺し、ダンスホールへ戻るために階段を駆け上がった。

＊＊＊

リハーサルが終わったのは、夜の八時だった。

会員が次々と帰路につく中、千里はなかなか華柳邸を離れられないでいた。庭から闇に埋もれた薄雪荘を見つめていると、背後から足音がした。

「──千里さん」

振り返った先にいたのは、汀だった。リハーサル中、一度も合わなかった視線。だが今は、強い眼光が真っすぐに千里に向けられている。

「お兄さまに告げ口したのはあなたなの？」

「え……？」

意味がわからず千里が首を傾げると、汀は眉を吊り上げた。

「とぼけないで。昨日、お兄さまがうちに来たのよ。デビュタントボールには出るなって言われたわ。あなたが話したんでしょう？」

宗介が汀に会いに行った──しかし汀の様子を見る限り、ふたりの関係はあまりよろしくないようだ。千里は頭を抱えた。

「汀さん……ファーストレディの有力候補だったカレンさんと秋穂さんは亡くなりました」

候補に上がっていた三人のうち、ふたりが消えた。汀を疑う噂が流れていることは、本人も知っているはずだ。

「そんなの知ってるわよ」

「秋穂さんが死んだ日、汀さんは秋穂さんと口論してましたよね？」

千里が言うと、汀が目を見開いた。

「なんでそれを……」

「ふたりが揉めているのを聞いたんです。カレンさんが死んだ夜、汀さんは薄雪荘にいたんですか？」

「……まさか、私を疑っているの？」

千里は返答に詰まった。汀はそんな千里を見て、薄く笑う。

「そう……疑ってるのね」

「そういうわけじゃないんです。もしデビュタントボールでなにかあったら――」

「でもあなたはそのなにかあるかもしれないデビュタントボールに出るんでしょう？」

汀は睨みつける。

「もしかして、お兄さまはあなたにファーストレディの座を獲らせようとしているんじゃないの？」

　突然、そんなことを言いだした汀に、千里は驚いた。

「そんなことあるはずないじゃないですか！」

「ありえるわ。お兄さまは目的のためなら手段を選ばない人よ」

　宗介が千里をファーストレディにしても、なんのメリットもない。

「違います！　宗介さんは汀さんを心配してるんです」

「心配？」

　汀は唇を歪め、笑った。

「お兄さまが心配しているのは、私じゃなくて私が七杜の評判を落とすことよ」

「汀さん……」

「私はどうしても『ファーストレディ』にならなきゃいけないの——お願いだから、邪魔をしないで」

　すべてを拒絶するような眼差しに、千里はなにも言えなくなってしまった。

＊＊＊

「カレンの靴をつくったのは、靴職人見習いだった使用人の男……か」

　千里の報告を聞き終えた烏島が、ぽつりと呟いた。

烏島の背後にある真っ暗な窓には、千里の疲れた顔が映っている。目を逸らしたくなるほど、ひどい表情をしていた。

「ふたりは恋人ではなかったんだね？」

「カレンさんは好意を抱いてたみたいです」

「男の方は？」

千里は映像で視たふたりの姿を思い返す。恋人らしい接触はなかったが、親しげな雰囲気だった。

「……少しは気にかけていたと思います。でも彼は他に好きな人がいるそうです」

烏島はデスクチェアに背中を預け、「そう」と頷いた。

「使用人の男がつくった靴を、ダンスホールの怪人がつくった靴と勘違いした人物が、カレンの靴を――もしかしたらその命までも奪った――ファーストレディになるために」

千里はきつく拳を握る。

「男にはそのことを話した？」

「いいえ、話しませんでした。彼はカレンさんが亡くなったことを知らないので」

もし知れば、あの男は自分を責めるだろう――真実を知ることが必ずしも幸せだとは限らない。

「目黒くん」

「……はい」

「明日のデビュタントボールに、宗介くんの妹は出るのかい？」

烏島の質問に、千里はぎくりとした。

「……なんでそんなことを訊くんですか？」

「『ファーストレディ』の有力候補で、生き残っているのは彼女だけだ。ライバルを消し、靴を手に入れれば、汀くんがその座につける」

千里の心に焦りのような感情が押し寄せる。

「……秋穂さんもカレンさんの靴を手に入れるために質屋に泥棒に入りましたよ」

「その秋穂は死んだ。そして秋穂が持ち歩いていた右の靴は行方不明になっている」

千里は言いかえそうとし、だが、言葉を見つけることができなかった。

「ねえ目黒くん、きみもおかしいと思っているんだろう？」

「……私は……」

「疑うことは罪じゃない。疑わしきものから目を逸らすことこそ罪だよ」

目を逸らすことこそ罪――千里は観念した。

「……カレンさんが亡くなった夜、汀さんが薄雪荘から逃げるように出てくるのを、秋穂さんが目撃したそうです」

烏島は表情を変えなかった。言葉ではなく、目で続きを促してくる。

「秋穂さんは、デビュタントボールを辞退しないと警察に行くって、汀さんを脅していました……汀さんは抵抗して、秋穂さんと揉み合いになって……華柳さんがあいだに入って、いったんその場はおさまったんですけど」

「その夜、秋穂が死んだんだね？」

千里は頷いた。

「前に裏付けがとれてから話すって言ってたのは、このこと？」

「……そうです」

どうしても裏付けが欲しかった——汀が関わっていないという裏付けが。

「汀くんがカレンを殺し、左足の靴を奪った。それを秋穂に目撃され、今度は秋穂を殺し、秋穂が持っていた右足の靴を手に入れた——その可能性についてはどう思う？」

「……靴については可能性があるかもしれません。でもカレンさんと秋穂さんは事故で亡くなったんです」

烏島は組んだ両手の上に顎を乗せ、大きなため息をついた。

「目黒くん、きみ、宗介くんの妹にずいぶん肩入れしているようだね」

「そんなつもりは……」

「ないって？　もし秋穂と汀くんの立場が逆だとしたら、きみは秋穂を庇ったかい？」

千里は「はい」と言うことができなかった。秋穂が汀の立場にいたら、間違いなく秋穂を犯人扱いしていただろう。

「人間は情につられて真実を見誤る」

静かな声だった。

「きみの力の精度は、きみのメンタルに大きく左右されている。これがどういうことかわかるかい？」

「……いいえ」

「きみは自分でも気づかない意識の下で、自分が視たいものと視たくないものを取捨選択しているんだよ」

責めるでもなく、烏島は淡々と語る。

「真実を見極めようとするとき、きみは心の天秤に自分の感情を載せちゃいけない。感情を載せないなど、無理だ。千里は唇を噛んだ。

「明日のきみの仕事は、宗介くんの妹の監視だ」

千里ははじかれるように顔を上げた。

「彼女が靴を持っているなら履いてくるはずだ——ファーストレディになるためにね」

「……もし持っていたら、どうするんですか？」

烏島はにこりと微笑んだ。

「取り返してほしい——彼女への私刑はそれから考えるよ」

整列してホールに入ると、大きな拍手で迎えられた。

千里をはじめ、会員が着ているのはAラインの白いイブニングドレスだ。ネックラインが大きく開き、ウエストを幅広のリボンで締めあげている。

腕にはドレスと同じ白の長手袋。髪はひとつにまとめ、頭には小さなティアラを載せられた。履いているのは赤いダンスシューズだ。しかし長いスカートで足元は隠されている。

ホールのバルコニーに陣取るのは、タキシードを着た支援者の男たちだ。胸元に赤い薔薇を挿し、細やかな装飾が施された銀色の仮面を顔につけている。人数はおそらく会員と同じくらいだ。

このホールで仮面をつけていないのは、華柳と会員だけだった。

リハーサルどおりフォーメーションを組みながらお披露目の儀を進めていく。その最中、バルコニーから一方的に向けられる男たちの視線は、値踏みされているようで、どうにも居心地が悪い。

華柳の挨拶と会員のお披露目が終わると、薄雪荘のダンスホールは、黒のタキシードを着た男性と白のイブニングドレスを着た女性が踊る華やかな空間に様変わりした。

赤いイブニングドレスを着た女性給仕と、青いスーツを着た男性給仕は同色の仮面をつけ、飲みものを載せたトレイを持って、客のあいだを泳ぐ。

何人かの男性と踊ったあと、壁の花になっていた千里に、女性給仕が近寄ってきた。

「どうぞ」

トレイの上には、小さなカクテルグラス。そこには赤色の液体が入っていた。

「ありがとうございます」

千里はグラスを取り、口に含んだ。微かな甘味と爽快感が喉を通り抜ける。カクテルといってもアルコールは入っておらず、ダンスの疲労をとる効果があるという。

空気が乾燥している中でダンスをすれば、喉も渇く。その後も千里は男たちと踊るあいだに、すすめられるままにグラスを重ねた。

入場時は煌々と輝いていた照明はいつの間にか落とされ、かわりにホールのあちこちにキャンドルの火が灯される。音楽はテンポの速いものから、ゆったりしたものに変わった。

薄暗くなり、視界が悪くなった中でも、千里の眼は、常に汀の姿を捉えていた。

もともと美しい汀は、メイクとドレスの効果でさらに美しさを増していた。汀が移動するたび、まわりの男たちの視線も移動する。

汀の履いている靴を確認するよう烏島から言われているのだが、これでは近寄ることさえも難しい。

「踊っていただけますかな」

恰幅の良い男が千里にダンスを申し込んできた。男たちは仮面をつけ、みな同じ格好をしているのであまり見分けがつかないのだが、これだけ体格がいいとよく目立つ。

「……よろしくお願いします」

男と踊りはじめると、今まで踊った男たちがどれだけ千里をリードするのが上手かったかを実感することになった。組んだ腕や手に不要な力をかけられ、ステップが上手く踏めず、足を踏みそうになる。そのたびに舌打ちされ、千里は嫌な気分になった。

千里は男と踊りながら、ホール内に視線を巡らせる。

パーティが進み緊張がほぐれてきたのか、参加している女性たちから楽しそうな声があがっている。ダンスをやめ、バルコニー席に上がって談笑をはじめる男女もちらほら見えるようになった。男性客との距離も近くなり、あちらこちらで親密な空気ができあがっている。

例にもれず、千里の相手も距離を縮めてきた。

それまでは一、二曲踊るとパートナーを交替していたのだが、男は四曲踊っても、千里を解放しようとしない。千里の肩甲骨あたりに置かれていた手は次第に下がり、腰のあたりに回されている。

「あの、もう少し離れてもらってもいいですか？」

千里は自分の腰を抱く男に小声で頼んだ。

「そんなこと言っていいの？」

不機嫌そうな声が千里の耳に触れる。ぞわぞわと鳥肌が立つのを感じた。

「あの……？」

「私にそんなことを言っていいのかって訊いているんだよ。きみは『ファーストレディ』になりたくないのかい？」

ねっとりした声色。若くはないが、年寄りでもない。仮面を取ると、脂ぎった中年の顔が出てきそうな、そんなイメージを抱いた。

「私が持っている票をきみにあげてもいいんだよ」

男はそう言いながら、身体を一層擦り寄せてくる。生臭い息が頬に触れた。

「や、やめてくださ——」

我慢できず男の身体を突き放そうとしたときだった。

「——連続で同じ相手と踊るのはマナー違反ですよ」

低くくぐもった声がした。振り返ると、仮面をつけた背の高い男が立っていた。彼から感じる圧力に慄いたのか、千里の腰を抱いていた男はすごすごと引きさがった。

「あ……ありがとうございました」

千里が小さな声で礼を言うと、男は黙って千里の手を取った。ターンしながら、先ほどの男から千里を遠ざけるように場所を移動する。

男は必要以上に身体を寄せてこない。千里を自分のペースに巻き込むように華麗にステップを踏む。その強引なリードには覚えがあった。

「……鳥島さん？」

思わず名前を呼んでいた。

男がステップを止めた。視線を感じる。仮面のせいで表情はわからない。そのせいか沈黙が重い。

男が胸ポケットから薔薇の花を抜き出した。

赤い花弁が千里の唇を塞ぐように当てられる。その上から重ねられたのは、男の唇だった。

「……っ!」

唇は一瞬で離れた。薔薇の花弁がひらひらと床に落ちる。

男は千里の身体を離すと、背を向け、踊る人の中に紛れてしまった。

「ま、待って……!」

千里は急いであとを追うが、一度見失うとどれも同じ人間に見える。

そのとき、ダンスの輪の端にいる一組のカップルを見つけた。

汀だ。

汀と踊っている男は、汀の身体にべっとりと触れていた。社交ダンスではなく、チークダンスのように見える。汀は俯いているのでどんな表情をしているかわからないが、その身体は強張っているように感じた。

男が汀に耳打ちする。汀が頷くと、男はその肩を抱き、ダンスホールを出ていく。汀の足がわずかにふらついていた。

ふたりを追いかけようとしたとき、背後から口を塞がれ、柱の陰に連れ込まれた。

「ひっ――」

「僕だよ」

悲鳴を上げかけた千里の口に、男がそっと手を触れ、仮面を上にずらす。千里は目を見開いた。

「烏島さん……！」

「静かに」

烏島の人差し指を唇に当てられたまま、千里はぐっと言葉をのみこんだ。

黒いシャツとパンツ以外を身につけている烏島を見るのは、これがはじめてだった。彫の深い貌立ちがタキシードによく映えている。仮面をつけるのがもったいないくらいだ。

烏島は仮面をつけ直し、まじまじと千里を見下ろす。

「馬子にも衣裳だね。目黒くん」

「……言われると思いました」

「褒めてるんだよ」

長い指が千里の唇のあたりをするりと撫でて、離れていく。とたん、先ほどの記憶がよみがえった。ぶわりと顔が赤くなる。

「目黒くん？」

「さ、さっき、なんで私にあんなことをしたんですか！」

「なんの話だい？」

烏島はとぼけるつもりらしいが、千里は騙されない。

「いきなりキッ、キキキキスするなんて」

「キス」

「そうです！　……薔薇の花越しとはいえ、口の端にちょっと当たったっていうか」

真っ赤になって抗議すると、烏島は少し考えるように顎に手を当てた。

「……そうか。それは悪いことをしたね」

「そうですよ！」

千里が睨みつけると、烏島の手が千里の肩にのせられた。

「仕切り直しをするかい？」

耳元に口を寄せられ、低い声で囁かれる。千里はぎょっとした。

「なっ――」

「冗談だよ」

烏島は千里から顔を離す。千里はほっとする一方、烏島の体温が離れていくことに名残惜しさを感じている自分に気づき、慌ててその気持ちを打ち消した。

「ずっとここにいると不自然に思われる。踊ろうか」

「……はい」

千里は烏島の手を取る。ホールへ移動し、ゆっくりとステップを踏みはじめた。

「烏島さん、どうしてここに来たんですか？」

「ちょっと確かめたいことがあってね」

「……汀さんの靴のことですか？」

もしかして、千里のことが信用できず、自ら乗りこんできたのだろうか？

「それもあるけど、このデビュタントボールの本当の目的が知りたかったんだよ」

「本当の目的？」

烏島は頷いて、近づいてきた給仕の持つトレイからグラスを取った。

「目黒くん、これを何杯飲んだ？」

「えーと、十杯、いえ十五杯くらいですかね。二十杯はいってないと思います」

千里が答えると、烏島は呆れたような顔をした。

「きみ、酒強いのかい？」

「あんまり飲んだことないですけど、強くはないと思います。それにこれ、アルコール入ってないですよね？」

烏島はカクテルグラスを煽った。

「少しだけど入ってるよ。ミントとハーブの強い香りで誤魔化してるけどね」

「えっ……」

「興奮と緊張で味覚は鈍くなっている。すすめられるままに飲んで踊れば、徐々に酔いはまわってくる」

千里はまわりを見た。なんとなく足どりがあやしい女性がちらほらいる。

「泥酔はしないよう計算されてる。意思確認はできる程度に」

「なんの意思確認……？」

烏島は答えず、指をさす。見ると、バルコニーで男と深い口づけを交わしている会員がいた。千里は息をのむ。

「ここの支援者は政治家、社長、芸能人と大物ばかりだ。だが、全員既婚者なんだよ」

「なんで知ってるんですか？」

「華柳の息子から『支援者』と『会員』のリストを流してもらった」

千里は目を瞬かせた。

「……彼、父親を売ったんですか？」

「ああ。華柳氏は息子の教育に力を入れるべきだったね」

烏島はうっそりと笑う。

「いいかい、目黒くん。ここでおこなわれているのは会員のお披露目じゃない。愛人斡旋《あっせん》だ」

生々しい言葉に、千里は身震いする。

「でも社交クラブのお嬢様を愛人にするなんて、問題が起こるんじゃ」

「デビュタントボールに参加している会員に名家の令嬢はいない。成金や愛人の子ども、身寄りのない女性ばかりだ」

「えっ？」

千里は眉を上げた。

「なにか問題が起こっても、金と権力でもみ消せる女性。上昇志向の強さ、気の弱さ。会員の性格も含め華柳氏はそのあたりを慎重に見極めて選んでる」

千里はすっと血の気が失せるのを感じた。

「目黒くん？　どうしたの？」

「汀さんがさっき男の人と一緒にホールを出て行ったんです……！」

慌てて駆け出そうとした千里の腰に、烏島が手を回してきた。千里はぎょっとする。

「か、烏島さん」

「ここではひとりで動くと目立つ。カップルを装って出ていこう」

烏島は千里の耳もとでそう囁き、腰を抱いたまま、踊る男女の隙間を縫うようにしてホールから出る。

汀の姿を探して庭に面した廊下を歩いていると、か細い悲鳴が聞こえてきた。

「外だ」

烏島に先導され、裏手のドアから庭に出る。今度は鈍い物音と、男のうめき声が聞こえてきた。

声のした方向にしばらく進むと、芝生の上に力なく蹲《うずくま》っている中年の男の姿が見えた。

仮面は床に落ち、顔には殴られた痕がある。その中年を見下ろすように、仮面をつけた背の高い男が立っていた。そして彼らから少し離れた場所に座り込んでいるのは――。

「汀さん……？」

千里がおそるおそる声をかけると、汀は自分の身体をかき抱くように縮こまった。汀のドレスははだけ、まくれ上がった裾から白い脚がのぞいている。そのそばには脱げた赤い靴が落ちていた。

ここでなにがおこなわれようとしていたかは、一目瞭然だった。

烏島は仮面を外し、そっと汀に近寄ると、着ていたジャケットを脱ぎ、その身体に着せかけた。

「もう大丈夫ですよ」

汀は大きな目で、烏島を凝視する。

「……あ……りがとうございます……」

「どういたしまして」

烏島は安心させるように微笑み、そばに落ちていた靴を拾って汀に渡した。

そのとき、仮面の男が、床に蹲っていた中年の胸倉を掴んだ。拳が振り上げられる。

「――そこまでだよ」

烏島が、男の腕を取った。中年は「助かった」というような顔で掴まれていた胸倉を振りほどき、仮面を拾っていそいそと薄雪荘の中に戻っていく。

「今きみがやるべきことは、あの男に制裁をくわえることじゃないだろう――宗介くん」

烏島の手を振り払った男が、つけていた仮面を床に脱ぎ捨てる。その素顔を見て、千里は息をのんだ。

「お……兄さま……」

乱れた黒髪をかき上げながら宗介は地面に座り込んでいる汀に近づくと、その前にかがみこんだ。

パチン、という音が肌寒い庭に響く。

汀は叩かれた自分の頬を押さえ、呆然と宗介を見上げている。

「――どうしてこんなことをした」

押し殺した声で、宗介は尋ねた。

「こんな人気《ひとけ》のない場所で男とふたりきりになったら、なにをされるかわかるだろ」

「……どうしても、『ファーストレディ』の称号が欲しくて」

震える声で、汀は言った。

「ふたりきりで話をしたいって言われたの……そしたら投票してくれるって……ここでは男の人の機嫌を損ねたらいけないから……」

「なんでそんな称号を手に入れる必要がある」

「私は……愛人の子どもだから」

その言葉に、宗介がかすかに目を瞠る。

「海外の社交界でデビューできたら認めてもらえるんじゃないかって……お父さまやお兄

さまに、表に出しても恥ずかしくないって、そう思ってもらえるかもしれないって、だから――」

汀の言葉が途切れた――宗介がその身体を抱きしめたからだ。

「――悪かった」

宗介の言葉に、汀の大きな目から大粒の涙がこぼれた。

「俺が悪かった、汀」

「お兄さま……」

「無事でよかった」

汀の細い腕が宗介の背中に回る。そのうちくぐもった嗚咽が聞こえ始めた。少し気持ちが落ち着いたせいか、夜の冷たい空気を感じ、千里はぶるりと身を震わせる。

「目黒くん、中に戻ろう」

烏島は千里の肩を抱き、建物の中に戻る。そこで大事なことに気づいた。

「あ、汀さんの靴……！」

「さっき確かめたよ」

千里は驚いて烏島を見上げた。

「……どうだったんですか？」

「彼女の靴にエーデルワイスの刻印はなかった」

千里は胸をなでおろした。

「よかった……」

「よくないよ。これでまた、ふりだしに戻った」

烏島に睨まれ、千里は小さくなった。

「これからどうしますか？」

「ちょっと確かめたいことがある」

烏島は「ここで待っていて」と千里を人気のない廊下に待機させると、少し先に見える男性用のトイレに入った。トイレを我慢していたのかなと思いながら待っていると、烏島が男を連れてお手洗いから出てきた。

「僕の予想通り、トイレで身なりを整えている最中だったよ」

そう言って烏島が千里の目の前に突きだしたのは、ついさっき汀を襲おうとしていた中年の男だった。顔には殴られた痕があり、手には濡れたハンカチを持っている。ぎょろりとした大きな目は、腕を摑んでいる烏島を怯えたように見つめている。

「烏島さん、この人は――」

「戸田カレンさんのお父様だ」

烏島が言うと、男が驚愕の表情を浮かべた。千里も信じられない気持ちで、烏島を見た。

「お嬢さんが亡くなった場所でこのような行為に及ぶとは、なかなか肝が据わってらっしゃる。お嬢さんが生きていれば、今夜この場所にいたかもしれないのに」

烏島が笑うと、男はぶんぶんと首を横に振る。

「む……娘をデビュタントボールに出すつもりはなかった」

「そうですね。ここは社交界デビューではなく愛人デビューの場だ。あなたはそれを知っていた」

ぐ、と男が言葉に詰まる。

「娘さんの事故が薄雪荘で起こったことを隠そうとしていたのも、ご自分がこのパーティに参加するためですか？」

「ち、違う。娘の事故についておかしな噂が広まればクラブ側に迷惑をかけると……」

「あなたがこのパーティに参加できなくなるかもしれないですからね」

烏島の言葉に男は焦った顔になる。

「わ……わたしは薄雪荘の活動を支援しているだけだ」

「あなたをはじめ『支援者』は多額の寄付を薄雪荘に納めている。収穫祭に行われるパーティで『支援の成果』を搾取するためでしょう」

「……合意の上でだ！　それに未遂だ！」

「あのお嬢さんは十六歳です。そんな言い訳、通じませんよ」

男は血走った目で烏島を睨みつけた。

「これが公になればあの子だって無傷じゃすまないぞ！　未来はない！」

「そうやって、弱みにつけこんでいたわけですか」

烏島は呆れたような顔をした。

「あなたの言う通り、あちらは公にはしないでしょう」

「当然だ！」

「あなたが手を出そうとした少女はね、七杜の坊ちゃんの妹さんなんですよ」

男の顔から、完全に表情が抜け落ちた。

「未来がないのはあなたの方でしたね」

凍りつくような冷たい目で男を一瞥すると、烏島はダンスホールの方へ向かって歩きはじめた。千里は慌ててその後ろを追いかける。

「……放っておいていいんですか？」

「宗介くんがなにかしら手を打つだろう。若い女好きが災いしたね」

烏島が鼻で笑った。そのとき、廊下の曲がり角から人が飛び出してきた。

「おっと失礼。大丈夫ですか？」

烏島にぶつかってきたのは仮面をつけた女性給仕だった。唇は赤く汚れている。血を流しているのかと思ったが、よく見れば深紅の口紅が依れていただけだった。女は頭をさげ、玄関ホールの方へ向かって走り去る。

「……目黒くん、おいで」

女が走ってきた方向に足を向けた烏島が、千里を手招きした。

「なんですか……？」

「そこ、見て」

烏島が指さした先――廊下の入り組んだ部分に設置されたソファベンチのそばに、仮面をつけた男が横たわっていた。

「――ひっ！」

千里は思わず大きな悲鳴を上げた。烏島は足早に男に近づき、その傍らに跪く。

タキシードに包まれた男の身体は華奢で、小柄だった。色のない唇には微かな赤色がこびりついている。喉にはかきむしったような痕があった。

「あのう、なにかありましたか？」

千里の悲鳴を聞きつけたのか、給仕の男が近寄ってきた。

「男性が発作を起こしてるようだ。意識がないので救急車を呼んだ方がいいでしょう」

烏島に言われた給仕はそこではじめて、床に倒れている男に気づいたようだった。「うわっ」と短い悲鳴をあげ、足をもつれさせるようにして駆け出していく。

「烏島さん……その男の人は……」

「救急車を呼べと言ったけど、手遅れだね」

脈を見ていた烏島が男の仮面をはずした。その顔を見て、千里は息をのむ。

「彼を知っているのかい？」

千里の様子に気づいた烏島が尋ねる。千里はカレンの靴を抱きしめるようにして、烏島を見て、頷いた。

「……カレンさんの靴をつくった男です」

ふと、千里は男のそばに赤い靴が片方、転がっていることに気づいた。

「靴……？」

烏島が拾った靴をひっくり返し、沈黙した。

「目黒くん、ふりだしに戻ったって言ったけど、一気にゴールまで進めるかもしれないよ」

烏島がそう言って千里に靴を差し出す。左足の靴だ。ソールの部分にはエーデルワイスの花の刻印が刻まれていた。

デビュタントボールで亡くなった男の名前は葛山忍《くずやましのぶ》。二十八歳、児童養護施設『聖柳ホーム』出身で、中学卒業後、華柳家の使用人として働いていた。

忍の死因は喘息の発作とアナフィラキシーショックを併発したことによるもので、事件性はなく病死とされた。華柳邸では事件性のない死が三件続いたことになる。が、表沙汰にはならなかった。これで『支援者』が大物ぞろいであることを証明したとも言える。

千里はデビュタントボールの夜をもって『名誉会員』として薄雪荘を卒業した。そのため、これからも続くだろうあの舞踏会、そして薄雪荘の裏の顔については口を閉ざしているしかなかった。同時に、短いようで長かった千里の潜入調査も終了することになった。

だが、仕事はまだ終わっていない。千里は名誉会員として薄雪荘を卒業した会員に会うため、少し緊張した面持ちで数寄屋門をくぐった。

「いらっしゃいませ、目黒さまでございますね」

千里を出迎えたのは、中年の神経質そうな女ではなく、かなり年配の優しそうな女性だった。はじめて見る顔だ。

「お邪魔します」

「今呼んでまいりますから、少しこちらでお待ちくださいませね」

客間に通され、濃いお茶とお菓子を出してもらった。ありがたくいただきながら待っていると、客間のドアが開いた。

「汀さん、こんにちは」

千里が笑顔で挨拶すると、汀は「まだ朝だけど」と返してきた。デビュタントボール後、宗介から学校を休んでいると聞いていたので心配していたのだが、元気そうだ。

「久しぶりですね」

「まだ一週間しか経ってないわよ」

先ほどの使用人が汀の茶を運んできた。

「……前にいた使用人の方は？」

「やめたわ。誰かさんがお兄さまにいろいろと告げ口してくれたおかげでね」

大きな目でじろりと睨まれ、千里は肩を竦める。その一方で、宗介の手回しの早さに千里は感心していた。

「私に話があるって言ってたけど」

「はい。汀さんを疑っていたことを謝りたくて――本当にすみませんでした」

千里が仕事で薄雪荘を調査していたことは、ここに来る前の電話ですでに話していた。

「……疑われても仕方ないわ。カレンさんが死んだとき、薄雪荘にいたのは本当だし」

「あの夜、なにがあったんですか？」

汀は目を伏せ、黙り込んだ。千里はその長い睫毛《まつげ》を見つめながらじっと待つ。

「……あの夜、カレンさんと秋穂さんと私は、一緒に紫さんからダンスのレッスンを受けてたの」

静かな声で、汀は語りはじめた。

「靴を脱いで床でストレッチをしていたとき、秋穂さんがカレンさんの靴を見て『ダンスホールの怪人』が作った靴じゃないかって騒ぎはじめたの。カレンさんの靴のソールにエーデルワイスの刻印があったから」

「カレンさんはなんて？」

「否定してた。怪人じゃなくて、好きな人につくってもらったって」

好きな人――そう言ったカレンの心を思い、千里は胸が痛くなった。

「ダンスホールの怪人なんて迷信だと思っていたけど……一緒にいた紫さんも驚いたような顔をしてそれに見入っていたから、これは本物なんだって思って。秋穂さんはしつこくカレンさんに誰につくってもらったのか訊いていたけど、うまくはぐらかされていたわ」

「それから？」

「レッスンが終わってから一度は帰ろうとしたんだけど……どこであの靴を手に入れたのかどうしても知りたくて、カレンさんが自主練習している薄雪荘に行ったの。鍵が開いていて中に入ったらカレンさんが――」

汀は言葉を切り、目を閉じた。おそらく千里が『視た』光景が、そこに広がっていたのだろう。

「そのときカレンさんの靴はどうなっていましたか」

「片方だけしか履いていなかったわ。驚いて逃げるところを、運悪く秋穂さんに見られていたみたい。秋穂さんは私がカレンさんを殺して左足の靴を盗んだと思い込んでいたの」

「秋穂さんと口論になったとき、オーナーが仲裁に入りましたよね？　あのとき三人でなんの話をしたんですか？」

「秋穂さんはオーナーに私がカレンさんを殺した犯人だって……だから私じゃなく、自分をデビュタントボールに出せって訴えてたわ。私はそのとき秋穂さんが招待されてないとはじめて知って驚いて……ファーストレディの有力候補だったから」

ヒステリックに叫ぶ秋穂の姿を思い浮かべる。つきあいはほとんどなかったが執念深そうな性格の片りんはひしひしと感じた。

「オーナーは秋穂さんの言葉を信じたんですか？」

「いいえ、信じてなかったわ。あれは事故だってとりあわなかった。でも秋穂さんは納得していなかった。デビュタントボールに自分を出さないなら、考えがあるってオーナーを挑発し始めて。オーナーは秋穂さんを落ち着かせると言って、図書室に連れて行ったの」

図書室――別名、反省部屋。秋穂には相応しい場所だろう。

「秋穂さんが亡くなったことを知ったのは？」

千里の問いに、汀は苦いものでも噛み潰したような顔をした。

「……その翌日。オーナーから電話があったの。事故死だけど、きみに疑いがかかる可能性もあるから昨日の秋穂さんとのやりとりは他言しないようにと言われたわ」

汀は、「結局私が犯人じゃないかって噂になったけど」と力なく笑った。

「汀さんは、秋穂さんのこと、恨んでないんですか」

「嫌がらせされるたびに、目の前から消えてほしいって正直思ったわ」

汀ははっきりと、そう言った。

「でも自分の生まれという、自分ではどうにもならない部分で評価される辛さは知っているから。それを塗り変えるために、秋穂さんがどんなことをしても『ファーストレディ』という称号を手に入れたいと思った気持ちは、よくわかるの」

汀は自嘲する。

「……話してくれてありがとうございました」

「もういいの？」

「はい」

千里は立ち上がった。

「……ゆっくりしていったらいいのに」

玄関で靴を履いていた千里は、驚いて振り返った。

「これから出勤なので……」

「そう。大変ね」

汀はぷいと横を向く。柔らかそうな髪からのぞく耳が赤く染まっているのを見て、千里は吹きだしてしまった。

「……なによ」

「いえ、なんでもないです」

そういう素直でないようで素直なところは、宗介そっくりだ。

「汀さん、今夜あいてますか？」

「……あいてるけど」

「私の部屋で一緒にご飯食べませんか？　宗介さんも来るんです」

千里は手帳に自分の電話番号と住所を書き、それを破って汀に渡した。

「……私が行って邪魔じゃないの？」

「汀さんが邪魔だって言うなら、宗介さんは追い出しますよ」

千里が言うと、汀ははじかれたように顔を上げた。

「汀さんが来てくれたら、私は嬉しいです」

「……あなたってほんとおせっかいね」

そう毒づいた汀の口から次に出たのは「何時に行けばいいの」と言うふて腐れたような言葉だった。

＊＊＊

「グッモーニン」

千里が質屋に出勤すると、二階のソファで鳩子がミニスカートから伸びた脚を優雅に組み、紅茶を飲んでいた。

「おはようございます、鳩子さん」

「千里ちゃん、少し痩せた？」

千里はパッと笑顔になった。

「そうなんです！　最近身体を動かしていたので！」

「それ以上痩せちゃったら貧相になるわよ～」

鳩子は大きく開いた襟元から溢れそうになっている『美容整形の権威の最高傑作』らしい自分の胸を強調するように身をかがめ、千里に微笑みかけた。

「……私の胸はまだ成長途中なので」

「あら、あたしは胸のことだとはひと言も言ってないけど？」

バチバチと散る火花のあいだに入ったのは、鳩子と向かい合って紅茶を飲んでいた烏島だった。

「目黒くん、こっちに来て座りなさい。鳩子さんもむやみに目黒くんを煽《あお》らないでください」

「だってムキになるから面白くて」

鳩子は舌を出す。千里は「すみません……」と謝り、烏島の横に腰掛けた。

「鳩子さん、そろそろ頼んでいたものをいただきたいんですが」

「あ、すっかり忘れてたわ」

鳩子はティーカップを置くと、バッグからビニール袋に入った白いハンカチと封筒を烏島に渡した。

「通常、法人向けにやってて、一般向けには成分分析してくれないところを無理に頼んでやってもらったから、高くつくわよ」

烏島は封筒の中に入っていた書類に目を通し、鳩子に微笑みかけた。

「ありがとう、鳩子さん。あなたの顔の広さには感謝していますよ」

「あたし、お礼の気持ちはお金で証明してもらいたいタイプなの」

烏島は「失礼しました」と苦笑して、デスクから取り出した分厚い封筒を鳩子に渡す。

鳩子は中身を確認してから「廉ちゃんの気持ち受け取ったわ」とウィンクした。

「じゃ、帰るわね。千里ちゃんもまたお店に遊びに来て。今度はお客さんとして」

バッグから出した割引券を千里に握らせて、鳩子は席を立った。烏島がコートを取り鳩子に着せかける。絵になるふたりだ。

「目黒くん、どうしてふて腐れてるんだい？」

鳩子を見送って戻ってきた烏島が首を傾げた。

「……なんでもないです」

「ふうん？　それより、宗介くんの妹から話は聞けた？」

「はい」

汀の家に行ったのは、犯人扱いしたことを謝罪するためと、カレンと秋穂が死んだ日のことについて話を聞くためだった。千里が汀から聞いた話を報告すると、烏島は満足そうに「おつかれさま」とねぎらいの言葉をかけてきた。

「烏島さん、私もそのハンカチについて訊いてもいいですか？」

鳩子が持ってきたハンカチには、よく見ると血のような染みができていた。一体なんなのか気になる。

「葛山忍が亡くなっていたとき、唇に赤い色がついていただろう。それを僕のハンカチで拭い取ったんだ」

いつの間に──千里は驚いた。

「なんのためにそんなことを？」

「倒れている彼を見たとき、肌が腫れあがって湿疹ができていたから、なにかが原因でアレルギー反応を起こしたとわかった。そばに飲み物や食べ物はなかった。彼の唇に赤い色がついているのを見て、もしかしたらこれが原因じゃないかなと思ってね」

まさかあの短時間に、烏島がそこまで判断して行動していたとは思わなかった。

「鳩子さんに頼んで、この赤色の詳しい成分を調べてもらったんだ。その結果がやっと今日出てね」

「……なんだったんですか？」

「口紅だよ。葛山忍はこの口紅に含まれていた成分でアナフィラキシーショックを起こした」

「口紅って誰の――」

そう言いかけて、思い出した。烏島とぶつかった女性給仕だ。彼女の口紅は、なにかに擦れたように、依れていた。

「葛山忍は地下通路を使って、好きな人に会うために舞踏会に忍び込んでいたんだろう？」

「……そう言っていました」

「あの女性給仕が彼の好きな人だったんじゃないかな」

彼女の口紅が、忍の唇についていた――ふたりが口づけを交わしていたことは間違いない。彼らが特別な関係だとすれば、別の疑問が頭をもたげる。

「でもそんな仲なら、なぜ彼女は彼を置いて逃げたんでしょう？」

「隠さなければならない関係だったからだろう」

確信めいた口調で答える烏島に、千里は目を瞠る。

「……烏島さんは彼女が何者かわかってるんですか？」

烏島はその問いに答えず、にこりと微笑んだ。

「ねえ、目黒くん。カレンが死んだ夜の登場人物を、ひとりひとり起こった出来事に当てはめていこうか」

「登場人物？」

「カレンがダンスホールの怪人の靴を履いていると知っていた人間だよ」

烏島は右手の指を三本、立てた。

「ダンスレッスンのあと、汀くんは薄雪荘で亡くなっているカレンを発見した。そのときカレンは左足の靴を履いていなかった。誰かが汀くんが来る前に、カレンの足から靴を奪ったんだ」

「はい」

「死んだカレンを見て逃げた汀くんを目撃したのは、秋穂だ。だから彼女は靴を盗んでいない。残る一人は？」

烏島の問いに、千里の脳裏に今まで思い浮かべなかった人物の顔が浮かんだ。

「……そんな、まさか」

千里は首を横に振った。

「でも彼女はファーストレディ争いには関係ありません。カレンさんの靴を奪う理由がありませんよ」

「あれがダンスホールの怪人がつくった靴なら、彼女は奪わなかっただろう」

烏島は棚に飾っていた靴を取り、千里に差し出した——デビュタントボールの夜、忍のそばで発見された——エーデルワイスの刻印が入った左足の赤い靴だ。

「これを『視れ』ば、きみの抱いている疑問は解けるはずだ」

「……どうして、今なんですか？」

デビュタントボール後、烏島はこの靴を千里に視させることもなく、棚に飾ったままにしていた。

「きみは先入観が強いからね。ある程度情報が集まってからにした方がいいと思ったんだ」

「……信用されてないってことですね」

千里は笑った。だが心はひどく傷ついていた。

「きみ自身のことは信用していたよ。この靴はいつもきみが手に取れる位置にあったのに、きみは『視なかった』だろう？」

「……もしかして、私を試していたんですか？」

千里は烏島を見つめ返した。

「そうだと言ったら怒るかい？」

「……怒りません。けど、理由が知りたいです」

「きみは僕についていろいろと知りたがっていたようだったからね。この店を『視れ』ば、僕が話していない情報を手に入れることができる。そう考えたことはなかった？」

「……考えたことがないと言ったら嘘になります。でも今はそう思いません」

「どうして変わったの？」

烏島について知るのが怖いと思いはじめたのは、自分の力で暴いた真実が決して幸せなことだとは言えないと気づいたからだ。

「……烏島さんが許可したものしか『視ない』と約束しましたから」

烏島のプライバシーを守るために、というより、自分の心を守るために、許可されたものしか『視ない』。

「合格だよ、目黒くん」

烏島は満足そうに微笑んだ。

「じゃあ改めて、これを視てほしい」

千里は赤い靴を手にのせ、目を閉じる。しばらくすると映像が浮かび上がってきた。

次々に流れていく映像に、靴を持つ手が震えた。

温かい大きな手が、千里の手に重ねられる。おそるおそる目を開けると、烏島の真剣な眼差しとぶつかった。

仮面の下の顔

烏島と千里は、聖柳ホームの前でタクシーを降りた。

烏島はタクシーに三十分ほど待っていてほしいと言って紙幣を渡した。

「目黒さん」

千里が施設のインターホンを鳴らすと、織田が出迎えてくれた。薄雪荘の会員章はすでに返還していたが、織田の中で千里は知人レベルに認識されているようだった。

「すみません、織田さん。忙しいときに電話して……」

「いいのよ。彼女なら今、教会にいると思うわ」

「ありがとうございます。……そういえばまた、こちらの施設出身の方が亡くなったんですね」

千里はさりげなく尋ねる。

「ええ。……目黒さん、彼のこと、知ってるの？」

「はい。薄雪荘の使用人をされてたんですよね」

「そうなの……こんな短期間に施設出身者が薄雪荘で続けて亡くなるなんて……」

織田は大きなため息をつく。確かに秋穂が亡くなってからほとんど日がたっていない。

「あら、あちらの方は？」

織田が千里から少し離れた場所に立っている烏島に気づき、キラリと目を光らせた。

「千里の兄です。妹がいつもお世話に」

「まあ、お兄さん。てっきり目黒さんのいい人かと思ったのに」

愛想よく挨拶をする烏島に、織田は残念そうな顔をする。

「織田さん、今回亡くなった薄雪荘の使用人の方、アレルギーもちだったそうですね」

千里は話の軌道修正を図るため、織田に尋ねた。

「ええ。子どものころ、薬でアレルギー反応を起こして生死の境を彷徨ったことがあるの。元々喘息の発作もあったから……今回は本当に不運だったとしか言いようがないわ」

「なんの薬でアレルギーを起こしたんですか？」

「あら、どうして？」

首を傾げる織田に、千里は作り笑いを見せる。

「友達に喘息もちの子がいるんです。だからちょっと気になって……」

「ああ、そういうことね。ちょっと待ってね」

織田は納得したように頷くと、親切に紙に書いて教えてくれた。千里は嘘をついた罪悪感に襲われながら礼を言い、その紙を烏島に渡す。

「彼がアレルギーを持っていたことを知っていた人は多いんですか？」

「施設の人間なら知っているわ。中学を出て華柳家で働くことになったときも、気をつけてもらえるようお願いしていたの……それなのにあんなことになって」

織田はそう言って涙を拭う。

「一時期、靴職人を目指してたって噂で聞いたんですけど」

「ええ。昔、職場見学で華柳家の靴職人の方の仕事を見せてもらう機会があったの。それで興味を持って。最初の動機は不純だったのよ。好きな女の子のためにダンスシューズをつくってあげたいって」

ふふふ、と織田は思い出すように笑った。

「中学を卒業してすぐ、華柳家の使用人の仕事についたの。仕事の合間に華柳家の靴職人の下で勉強していたわ。八年前に断念してしまったけど」

八年前——千里はその数字に聞き覚えがあった。

「どうして断念したんですか？」

「答えてくれなかったけど、予想はついたわね」

「予想？」

織田は頷いた。

「彼の好きな女の子が踊れなくなったからよ」

＊＊＊

織田に礼を言ってから、千里は烏島と聖柳ホームの敷地内にある小さな教会に向かった。

夕日が教会の、白い壁を赤く染めあげている。扉を開けると、花の清冽な香りが漂った。説教台のそばにある長椅子に、黒いワンピースを着た女が座っていた。

「——紫さん」

千里が声をかけると、女がこちらを振り返った。

「千里さん……どうしてここに？」

化粧っ気のない紫の顔は青白く、覇気がなかった。

「最近は毎日この時間にここに来てらっしゃるって聞いて……オーナーは一緒じゃないんですか？」

「ええ。一人で外出する許可をもらえるようになったから……オーナーに用？」

「いえ、ちがいます」

あれだけべったり一緒にいたのに、どういう風の吹き回しだろう。意外に思っていると、紫の視線が千里の背後にいる男に移った。

「そちらは……？」

「デビュタントボールでお会いしましたね」

烏島がにこやかに自己紹介すると、紫は怪訝な顔をした。

「……私はデビュタントボールには出ていません。人違いじゃありませんか？」

「僕とぶつかったこと、覚えてらっしゃいませんか」

紫は顔を強張らせた。

「……人違いです。だいたい給仕なら仮面をしているから顔なんてわからないでしょう？」

千里の予想に反し、烏島は反論することなく「そうかもしれませんね」と言った。

「亡くなった薄雪荘の使用人の弔いに、毎日ここへいらっしゃってるそうですね」

「……彼とは施設で家族のように育ったので」

「元はあなたの恋人だったそうですね」

笑顔で斬り込む烏島に対し、紫の態度から徐々に余裕がなくなっていくのを千里は感じとっていた。

「……どこからそんな話を？」

「施設長の織田さんです。恋人を捨てて、華柳氏の元へ走ったとか」

紫は不快感を露わにした。

「あなたにお話しする義務はありません。失礼します」

「この靴に見覚えはありますか？」

烏島が立ち去ろうとしていた紫の前に差し出したのは、赤い左足のダンスシューズだった。紫がこぼれんばかりに大きく目を見開く。

「……あなた……どこでそれを……」

「拾ったんです。薄雪荘で亡くなっていた忍さんのそばでね」

烏島が言うと、紫は唇を噛み、俯いた。

「……返してください」

「どうしてですか」

「それは……私が落とした靴だからです」

靴を返してもらうためか、紫は歯切れ悪くながらも認めた。

「デビュタントボールに給仕の格好で出ていらっしゃってましたね？」

「……はい」

「葛山忍の逢瀬の相手はあなただった」

一瞬の間のあと、紫は小さく頷いた。

「あなたは華柳氏の愛人でしょう。なぜ変装して彼と会っていたんですか」

「……デビュタントボールの日だけは、華柳さんは来客の対応に追われます。一年で一度だけ、自由になれる日なんです。その日だけはすべて忘れて、忍と一緒に過ごしたかった」

そう言った紫の顔に、忍の寂しげな横顔が重なった。

『現実では結ばれない相手と、ひとときの夢の時間を過ごすためだろうね』

忍も同じように考え、紫と会っていたのだろうか。

「はじめて好きになった人なんです。華柳さんは優しくしてくれたけど……どうしても忍のことが諦められなかった」

「どうしてそこまで想っているのに、あなたは彼を捨てて、華柳氏の元に行ったんです？」

「仕方なかったんです！」

紫は涙で潤んだ目を烏島に向ける。

「薄雪荘のデビュタンドボールに出て、いずれ海外でダンスを学ぶのが夢でした。ダンスを続けるには……夢を叶えるにはどうしてもお金が必要だったから……」

「忍さんは華柳氏の愛人になったあなたを恨んでいた？」

鳥島の問いに、紫は首を横に振る。

「いいえ。彼は理解して、応援してくれました。もしデビュタントボールで踊れることになったら、私のためだけにダンスシューズをつくってくれるって……そう約束してくれた」

「だが彼は約束を破り、戸田カレンのためにダンスシューズをつくった」

紫が膝の上で拳を握りしめる。手の甲には血管が浮きだしていた。

「これはあなたのためにつくられた靴ではありませんね」

「……私の靴です」

「いいえ、葛山忍が戸田カレンのためにつくった靴だ」

鳥島の言葉に、紫は態度を豹変させた。

「違います！　彼は私のためにダンスシューズをつくる勉強をはじめたの！　私が踊れなくなったとき、彼も二度と靴はつくらないって私に約束して——だからこれは、私が履くはずだった靴なのよ！」

「だからカレンさんを殺したんですか？」

ひゅ、と紫が息を飲む気配がした。

「あなたはカレンさんを階段から突き落とし、彼女の靴を奪って逃げた——違いますか」

「……想像力がたくましいんですね」

「ええ。その逞しい想像力で、ずっと考えていたんです。なぜ犯人はカレンの左足の靴だけ脱がしたのか——目黒くん」

烏島に合図され、千里は紫の足元に膝をついた。驚く紫の長いスカートの裾を持ちあげて、その両足を露出させる。左足にはヒールのないバレエシューズ、そして右足は——靴を履いていない。なぜなら右足首から下は、短いスキー板のような義足が嵌っていたからだ。

烏島に「もういいよ」と言われ、千里は「すみませんでした」と謝って、紫のスカートの裾を元に戻した。

「あなたは本棚の下敷きになって、右足首から下を失った——義足の方には靴を履かないようですね」

「……スポーツ用の義足なので、なにも履かない方が動きやすいんです」

「デビュタントボールにも、左足だけ靴を履いて出た。カレンさんから奪った靴を」

「ええ、その通りです」

紫が顔を上げ、挑発するように笑う。

「確かに私はカレンさんの靴を奪った。でもそれがカレンさんを殺した証拠にはならないでしょう?」

「ええ、そうですね。殺した証拠にはならない。でもあなたが大きな罪を犯したことには変わりない」

烏島は持っていた赤い靴をつき出した。

「僕はね、人が大事にしているものを奪う者が許せないんです。だからこの靴は、あなたには返せない」

紫の顔色が変わった。椅子から身を乗りだし、バランスを崩して床の上に倒れ込む。スカートがまくれ、右足の義足が露わになった。紫はそれを気にすることもなく、烏島に這い寄る。

「待って！　ほしいものならあげます！　お金でもなんでもあげますからその靴は返して！」

「では、あなたのしているバイオレットダイヤの指輪をいただけますか」

紫は目を見開いた。靴に向かって伸ばしていた手の中指には、紫色のダイヤが輝いている。

「これは……これは無理です……」

「華柳家に代々伝わる指輪だ。華柳氏との愛人契約の証だそうですね」

ビクリと薄い肩が揺れた。

「指輪を手放せば、今の豊かな生活を手放さなければならないかもしれない。欲深いあなたには耐えられないでしょう。デビュタントボールの裏の目的はとっくに知っていたでしょう？　そこに会員を送り込む華柳氏の犯罪の片棒を担いでいたんですから」

紫は答えない。沈黙を肯定と取り、烏島は口を開いた。

「靴とダイヤ、どちらをとりますか？」

「……指輪は渡せません」

紫は靴に伸ばしていた手を、力なくおろした。

烏島はポケットからビニール袋に包まれたハンカチを取り出し、その手にのせる。涙を拭うために渡したのではない。

「……これは？」

「デビュタントボールの夜、亡くなった忍さんの口についていた口紅を拭い取ったんです」

真っ白な生地には、深紅の染みが血のようについている。

「あの夜、あなたとキスしたその直後に忍さんは苦しみ出した。床に倒れ込んで動かなくなった彼を見たあなたは、驚いてその場から逃げだした――」

紫の唇は強く噛みしめすぎたせいか、血が滲んでいた。

「……なんでそんな、見たように……」

烏島は微笑んだ。

「『視た』んですよ」

烏島はそう言って、ちらりと千里に視線をやった。苦しむ忍の顔が脳裏に蘇りそうになり、千里は目を伏せる。

「彼は子供の頃、服用した薬でアレルギー反応を起こして、生死の境を彷徨ったことがあるそうですね」

紫はなにも言わず、烏島を虚ろな目で見上げるだけだった。

「ハンカチで拭い取った口紅の成分を調べたんですよ。すると彼がアレルギー反応を起こした薬と同じ成分が含まれていました」

紫はハンカチを凝視した。

「……そんな、あの口紅は毎年ずっとつけていたのに……なんで……」

烏島は紫の前に膝をつき、その耳に口を寄せた。

「――あなたのキスが忍さんを殺したんです」

色のない唇が戦慄くように震える。だがそこから言葉が紡がれることはなかった。

床に突っ伏した紫から、嗚咽がもれはじめる。烏島はそんな紫を醒めた目で見下ろしながら、立ち上がる。

「行こう、目黒くん」

背を向け歩きはじめた烏島を、千里は慌てて追いかけた。

教会を出ると赤い西日が烏島と千里を鋭く突きさした。待たせているタクシーのところまで、烏島と並んでゆっくり歩く。

「烏島さん……紫さんは故意に忍さんを殺したんじゃないんですよね？」

「あの反応を見る限りはね」

紫の驚愕に染まった瞳は、演技ではなかった。

「ただ、苦しみだした彼に驚いた彼女は助けを呼ぼうとしたのか、保身を考えて逃げたのか——きみにはどう『視え』た？」

「……思い出したくありません」

靴に触れて『視え』たのは、目を覆いたくなるような場面の連続だった。

喉をかきむしり、床に倒れ込む忍。その顔には死相が現れていた。目の前の女の足に縋《すが》りつく。スカートが捲れ、右足の義足が露わになった。女が後ずさり、履いていた右足の赤い靴が脱げる。弱々しくその靴を掴む忍。最後に視えたのは仮面をつけ、逃げる女の姿だ。

「……紫さんのこと、どうするんですか」

「どうもしないよ」

千里は驚いた。

「カレンさんを殺したかもしれないのに？」

「彼女が殺したと証明するのは難しい。既に警察は事故と判断した」

千里は唇を噛んだ。

「それじゃカレンさんが浮かばれません」

「これから愛する男を殺した罪悪感を抱えながら、愛していない男と生きていくんだ——紫にとってはある意味地獄だろう？」

烏島はカレンの靴を目の高さに持ちあげる。夕日に照らされたそれは、さらに赤みを増し、血のような色に輝いていた。千里はゾッとしたものが背中を駆け上がるのを感じる。

「……その靴、どうするんですか？」

「店に飾るよ。これも不幸なシンデレラが落とした靴には変わりないからね」

烏島はそう言い、ポケットから出した布で大事そうに靴をくるんだ。

「目黒くん、きみ、今夜の予定は？」

「え？　あ、宗介さんと汀さんと食事の約束をしています」

「そうか」

聖柳ホームの門を出ると、待たせていたタクシーのドアが開いた。烏島は千里を乗せ、千里に折った紙幣を手渡す。

「きみはこのまま家に帰りなさい。おつりは取っておいていいよ」

千里の終業時間にはまだ少し早い。一緒に店に戻るものだと思い込んでいた。

「烏島さんはどうするんですか？」

「これから用事があるんだ。また明日」

タクシーのドアが閉まった。

烏島の口が「おつかれさま」と動くのを、千里は窓越しに見た。

＊＊＊

タクシーが走り去ってしばらくすると、烏島の前に黒塗りの車が一台、停車した。

きた。

「待たせたね、宗介くん」

烏島が車に乗り込むと、後部座席で足を組んで座っていた宗介がちらりと視線を向けて
「学校帰りに迎えに来させるような真似をしてすまなかったね、宗介くん」

「まったくだ。店でいいのか」

「お願いするよ」

宗介が運転手に烏島の質屋に向かうよう言うと、車はゆっくりと発進した。

「戸田社長はどうなった？」

「もうすぐ社長じゃなくなる」

烏島は「そう」と相槌を打った。

「彼、薄雪荘のシステムについては話してくれたかい？」

「ああ。デビュタントボールに出席する会員の情報は前もって支援者に送られる。それを見て支援者はパーティー当日に接触する会員を決めてるらしい」

吐き捨てるように宗介は言った。

「『ファーストレディ』については？」

「嘘っぱちだ」

宗介が烏島に封筒を差し出す。中には海外の社交界についての詳しい資料が入っていた。

「『ファーストレディ』が選出されたこともなければ、薄雪荘の会員が海外で社交界デ

ビューした実績もない。上昇志向の強い会員を集めるための餌だ。デビュタントボールで好みの会員を選んで入札。高値をつけた男が、愛人契約の交渉権を得る。華柳は成立した場合のマージンも取ってたらしいぜ」

「いかにも金持ちがやりそうな歪んだゲームだね」

鳥島は資料にひと通り目を通してから、小さく折り畳んだメモを宗介に差し出した。

「なんだ、これは」

「調べてくれたお礼だよ。そのネットオークション出品者の品を洗ってみて。ほとんどが盗品か偽物のブランド品だ」

「なんのために」

鳥島は微笑んだ。

「名誉会員として妹さんの名が残る以上、薄雪荘はつぶせない——きみも腹に据えかねているんじゃないかと思ってね」

「……こっちで憂さ晴らししろってことか」

宗介はメモを見た。そこにはオークションのＩＤと『サカグチユウキ』という名前が書かれている。

「どんなに優秀な親でも、子どもを完全に監視するのは難しいんだと思ったよ」

「……それはうちの親への嫌味か？」

「まさか」

わざとらしく肩を竦める烏島に、宗介は溜め息をついた。

「どうせこれ、おまえの仕返しも兼ねてるんだろ？」

「人のコレクションに手を出したものには私刑を与えなければならないからね」

うっすらと笑う烏島から、宗介は目を逸らした。

「用件はそれだけか？」

「いや、違うけど」

「これから予定があるんだ。早く話してくれ」

「どこへ行くんだい？」

「……どこでもいいだろ」

烏島はその横顔をじっと見つめる。

「宗介くんの妹さんは目黒くんを気に入ったようだね」

「……なんだよ、急に」

「きみがどういうつもりで自分の妹に目黒くんを引き合わせたのかはわからないけど、ひとつ忠告をしておこう」

烏島はシャツの胸ポケットに手を入れる。そこから手品のように現れたのは薔薇だった。

「白い花を赤い薔薇で穢《けが》す——今考えれば、なかなかいい趣味をしていたね」

「……なんの話だ」

「薔薇ごしのキスは美味だったかな？」

烏島は宗介の唇に薔薇の花を押し当てる。花びらの向こうで、宗介がかすかに息を呑む気配がした。

「目黒くんは、僕にキスされたと思っているよ」

「な——」

なにか言おうとした宗介を、烏島が鋭い視線で遮る。

「僕はね、自分のコレクションを奪われるのが大嫌いなんだ」

質屋の前で車がとまり、ドアが開いた。

「手を出す者には誰であろうと容赦しない——覚えておいて」

烏島は宗介の前で薔薇の花を握りつぶし、車を降りた。

＊＊＊

インターホンが鳴り、千里がドアを開けると、制服姿の宗介が立っていた。

「……なにかあったんですか、宗介さん」

「……ちょっとな」

決まり悪そうな顔をしている。珍しく歯切れが悪い。体調でも悪いのかと顔を覗き込もうとすると、微かな花の匂いがした。

「宗介さん、香水つけてます？」

「つけてない。なんでだ」

「花の匂いがした気がして」

宗介の表情が、かすかに強張った。

「お兄さま、遅刻よ」

千里の背後から顔を出した人物に、宗介は表情を変えた。

「……なんで汀がここにいるんだ」

エプロン姿の汀を見て、宗介はあきらかに戸惑っていた。

「マナー教室のお礼にお料理教室してるんです。今日はこのあいだつくりそこねたシチューを汀さんがつくってくれますからね！」

千里が説明すると、宗介は驚いたような顔をして汀を見た。

「おまえがつくるのか？」

「……そうよ」

「……そうか」

黙り込んだ兄妹を見て、千里は噴き出しそうになるのを堪えるのが大変だった。

「汀さんは料理の続きをお願いします。宗介さんは中に入って手を洗ってください」

「……はい」

「……おう」

千里が言うと、ふたりはほっとしたように返事をする。

手を洗った宗介は、千里の両親の位牌に線香をあげる。千里はその斜め後ろに座った。

「汀さんもお線香をあげてくれました」

「……そうか」

「兄妹そろって、優しいですね」

千里が言うと、宗介が苦々しい顔をした。

「あいつはな」

「宗介さんもですよ。防犯カメラ、大家さんに許可を貰ってつけてくれたんでしょう？」

この前、大家と会ったとき「目黒さんのお友達が防犯カメラを取りつけに来てくれたわよ」と報告を受けた。

「……うちに余ってただけだ」

「防犯カメラが？」

宗介は答えずに、ちらりと千里を見た。

「嫌がらせはなくなったのかよ」

「はい。なくなりました」

郵便受けに向けて取りつけられたカメラは、すぐに効果を発揮していた。

「この前、犯人と顔を合わせたときアパートの住人の誰かの仕業だってタレコミがあったみたい、って言っておきました」

同じアパートに住むあの女子大生は顔を強張らせ、そうですかと逃げるように部屋に入ってしまった。大きな収穫だ。

千里の視た映像は証拠にはならない。だから、仄《ほの》めかす。それだけで十分効果があるとわかった。

「ところで宗介さん、そろそろ気づきません？」

座布団の上に胡坐をかいた宗介に、千里は焦れながら尋ねた。

「なにがだ」

「汀さんですよ。よく見てください」

宗介は怪訝そうな顔をして、台所に立つ汀を見る。そして、気づいたようだった。

「似合ってるでしょう？」

汀がエプロンの下に着ているのは、宗介がプレゼントしたワンピースだった。

「俺の妹なんだから当然だろ」

「本人に聞こえるように言ったらどうですか」

「……うるさいぞ」

照れる宗介を見て千里が笑っていると、汀が台所から顔を出した。

「千里さん！　シチューができたので運ぶの手伝ってください！　お兄さまはテーブルの上をふきんで拭いてください！」

「はっ、はい！」

千里は宗介にふきんを押しつけて、汀のところに飛んでいった。汀が白い目で見てくる。

「いちゃつくなら、ふたりきりのときにしてくださいね」

「い、いちゃついてなんていませんよ！」

宗介はぶつくさ言いながら、慣れない手つきでテーブルの上を拭いている。宗介には聞こえていなかったようで、ほっとした。

「千里さん」

「なんですか？」

「私、あなたとお兄さまとのこと、応援します」

真剣な表情でそう言われ、千里は面食らった。

「な、なにを言って――」

「七杜の家は厳しいですけど、あなたなら大丈夫だと思います」

なにかを悟ったように言う汀に、千里は言葉を失った。

「代わりに、あなたと一緒にいた男性のこと教えてほしいんですけど」

千里は嫌な予感を覚えた。

「私と一緒にいた人って――」

「デビュタントボールのとき私にジャケットをかけてくれた人です――烏島さんっていう名前なんですよね？」

恥ずかしそうに告白する汀に、千里は持っていたお玉を床に落とした。

顔のない男

『質』と書かれた電光看板の前をすり抜け、建物の裏手にまわった。外づけの階段をのぼり、金属製のドアをノックすると、中から「どうぞ」という柔らかい声が聞こえてきた。

「――お待ちしていましたよ」

ソファに座って出迎えたのは、黒いシャツとズボンを着た黒づくめの男だった。

部屋の中は薄暗い。棚にはさまざまなものが並べられている。統一感がないのに、部屋にしっくりとおさまっているのが、また奇妙な感じだった。

「カメラは取りつけておりませんので、ご心配なく」

「質屋なのにですか」

「プライバシーを保つことが優先事項なんです」

「客の？」

「いいえ、僕のですよ。どうぞおかけになってください」

男にソファをすすめられ、腰掛けた。テーブルを挟んで向き合うと、男の顔がはっきりと見えた。

「はじめまして、華柳満さん」

色白で彫りの深い貌立ち――それを見て、気づいた。

「……はじめましてではないでしょう。先日、薄雪荘のデビュタントボールにいらっしゃったはずだ――招待してもいないのに」

あの夜、仮面をかぶった男たちの中に知らない男の姿を見かけたような気がした。そのときは確信が持てず放置したのだが、この男の顔を見て気づいた。

「おや、お気づきでしたか」

「顔を見ればわかりますから」

男は色の薄い睫毛を瞬かせながら、興味深そうに首を傾げる。

「顔？　あの夜は他の支援者の方と同じように仮面をしていたのですが」

「仮面をつけていても、仮面で覆われていないところで特徴をとらえることができるんですよ。すぐにわかります」

仮面で隠しているからこそ、別の特徴がくっきり浮かび上がってくる。目や肌の色、口元などの造形や纏う雰囲気――この男は、特に特徴的だった。

「質屋の店主がなんのためにデビュタントボールに？」

「僕の可愛い従業員が参加していたので、どういうパーティか心配になりまして」

怪訝な目をして男を見た。

「従業員……？」

「目黒千里ですよ」

目黒千里――七杜の使用人頭の紹介で入会させた女だ。身寄りがなく、純粋で、利用しやすそうな女だった。質屋に勤めているとは聞いていたが、店までは確認していなかった。まさかここの従業員だったとは。

「それで？　パーティに侵入して、あなたの心配は解消されましたか？」

「いまだかつて薄雪荘のデビュタントボールで『ファーストレディ』になった女性はいない。海外の社交界で薄雪荘の会員がデビューしたという実績もない」

淡々とそう語る男に、すっと血の気が引くのを感じた。

「……どこでそんな話を？」

「戸田印刷の社長——もうすぐ社長ではなくなるそうですが、彼が話してくれました。『ファーストレディ』は会員を集めるための餌であり、デビュタントボールは愛人契約の場だと」

戸田が『支援者』を降りたことに、まさかこの男が絡んでいたとは——思わず呪いの言葉を吐きたくなった。

「残念ですが、そんな事実はありません。戸田さんはなにか勘違いされてらっしゃるようだ」

「勘違いですか」

「ええ。今まで『ファーストレディ』になった会員がいないのは、票が割れて選出を見送ってきたからです。愛人契約の場というのも心外だ。万が一そういう関係になった会員がいるとしても、彼女たちは自分の意志で交際を決めているんですよ」

デビュタントボールはすべて暗黙の了解で成り立っている。こちらが女性を斡旋しているという証拠はない。それにこの男がどこにタレこもうともみ消せる自信はある。

「それにあのパーティが愛人契約の場だなどという噂が流れれば、あなたの可愛い従業員さんの将来にも疵がつきますよ」

男と目黒千里の関係は、店主と従業員という間柄だけではないと踏んだ。脅しのつもりでそう口にしたのに、男は動じなかった。

「つきません」

「どうしてそう言いきれるんですか？」

「彼女に本当の意味で疵をつけられるのは僕だけですから」

仄暗い笑みにゾッとするものを感じた。

「華柳さん、僕はね、あなたに同情しているんですよ」

名のある家に生まれ、容姿にも恵まれ、まわりの羨望を集めて生きてきた。こちらが同情することはあっても、同情されたことなど一度もない。

「小さな質屋の店主のあなたが、この私に同情ですか？」

「ええ。旧華族というステイタスと社交クラブで巻きあげた金を持ちながら、欲しいものを手に入れられていないあなたに」

持って回った男の言い方に、こめかみがピクリと引きつった。

「私がなにを手に入れられていないと言うんです」

「紫さんです」

動揺は、幸い顔には出なかった。努めて冷静な表情を保つ。

「——彼女は十八のときから私のものですが」

自分の運営する児童養護施設にいた紫を見たとき、はじめて心から「欲しい」と思った。

彼女の夢を知り、惜しみない援助をするそのかわりに心身ともに自分のものになってくれと——紫はその契約を了承したのだ。

「いいえ。紫さんはあなたの目を盗み、年に一度、デビュタントボールでかつて恋人だった葛山忍と逢瀬を続けていた」

思わず言葉を失った——なぜこの男が、それを知っているのか。

「あなたは先ほど、仮面をつけていても個人を特定できるとおっしゃいました。デビュタントボールで仮面をつけて変装し会っていた葛山と紫さんに気づいていたはずだ」

知らぬ間に、手のひらにかいた汗をズボンに擦りつけていた。

「年に一度のことだと目をつぶっていました」

「でもあなたは、目をつぶっていられない事態に追い込まれた」

男がテーブルに、両手に乗るほどの大きさの布包みを置く。

「——会員の戸田カレンが薄雪荘の階段で転落死し、履いていた左足のダンスシューズが盗まれた」

男が布を解く。その下からあらわれたものをみて、息を飲んだ。

「これがそのとき盗まれた、カレンの左足の靴です」

机の上に置かれた赤いサテンの靴を目の前にして、冷たい汗が背中を流れていくのを感じた。

「……どこでこれを？」

「紫さんから譲り受けました」

驚いて男を見た。

「彼女は死んだカレンからこの靴を奪ったことを認めましたよ」

「……紫と会ったんですか？」

男は肯定するように微笑んだ。忍が死んでから、紫にはひとりで外出する許可を与えるようになったのだが、それがこんなかたちで裏目に出るとは思わなかった。

「あなたはカレンにだけ薄雪荘のダンスホールを特別に使わせていたそうですね。まわりの会員はカレンが紫さんに似ているから特別扱いしていると思っていたようですが、あなたには別の思惑があった――葛山の目を紫さん以外の女に向けることです」

男は靴を手にとり、そのラインをなぞるように指で撫でる。

「『偶然』出会ったふたりは、あなたの思惑通り親しくなり、葛山はカレンのためにこのダンスシューズをつくった。それを知った紫さんは、カレンを階段から突き落とし――」

「すべて妄想だ」

男の言葉を遮るように、自分の言葉を被せた。

「戸田カレンは事故で死んだんです。紫が彼女を殺す理由もない」

「本当に、そう思っていますか？」

　こちらの心の揺れを見透かしたように、男は尋ねてくる。

「あなたが事故についてカレンの父親に口止めを図り、会員にも伏せたのは、あなた自身が紫さんを疑っていたからじゃないですか？」

　あの夜――紫はダンスレッスンを終えても、なかなか部屋に戻ってこなかった。探しに出た際、薄雪荘の玄関ホールで既にこと切れているカレンを発見した。左足の靴が行方不明であることを知ったとき、紫の顔が頭をよぎった。右足を失ってから、紫が残った左足だけに靴を履くようにしていることは知っていたからだ。

「……紫は確かにカレンの靴を奪ったかもしれない。ですがその命まで奪ったという証拠はありません」

「そうですね。でも真実がどうあれ、あなたはこの件で葛山と紫さんの関係を見過ごせなくなったはずだ」

　男が書類を差し出してきた。目顔で促され目を通すと、なにかの成分表示のようだった。

「これは？」

「亡くなった葛山の唇についていた口紅の成分を分析したんです」

　ドクン、と心臓が嫌な音を立てた。

「葛山は子供の頃、薬でアレルギー反応を起こして生死の境を彷徨っている。一度アレルギー反応を起こすと身体に抗体ができ、二度目はもっとひどい症状に襲われる——死ぬほどの。口紅にはその薬の成分が含まれていた」

「偶然でしょう」

「紫さんは、毎年同じ口紅を使っていたと言っていました。今回だけ彼がアレルギー反応を起こすのは不自然です。葛山がアレルギー持ちであることを知っていた誰かが、紫さんの口紅に細工をした」

男はそう言って、こちらの目を覗き込んできた。

「聖柳ホームの織田さんが言っていました——彼が華柳家の使用人として働く際、雇用者のあなたに葛山のアレルギーのことを報告したと」

反論しようと口を開きかけたが、うまく言葉が出てこない。緊張でいつの間にか喉がからからになっていた。

「紫さんがあなたを裏切らなければ葛山は死なない。しかし、あなたを裏切れば葛山は死ぬ——残酷な賭けだ」

そう——あれは賭けだった。デビュタントボールのとき、紫は仮面をつけ給仕の格好をして忍に会っていた。普段の自分とイメージを変え、こちらの目を欺くために、いつものピンクではなく赤い口紅を引く——それを利用した。

「……葛山の死因に事件性はなかった。それが警察の見解です。あなたの話は性質の悪い創作だ」

薬を混ぜ込んだ紫の口紅は処分した。薬自体に違法性はない。証拠は残っていない。葛山忍が死んだのは、ただの不幸な『事故』だ。

「それより、私をここに呼び出したのは商談があるからと伺ったんですが」

話を変えるように言うと、男は黙ってテーブルの上に札束を五つ重ねた。その金には見覚えがあった。妻が息子の尻拭いのため、この男に払った金と同じ額だ。

「これで、あなたの息子さんが盗んだカレンの右足のダンスシューズを買い取りたい」

思ってもみない取引の内容だった。男の真意を確かめようと、その顔を見つめる。男の目はガラス玉のように澄み、困惑するこちらの顔が映し出されているだけだった。

「靴を盗むよう頼んだのは秋穂です。うちの息子は持っていませんよ」

「知っています。右足の靴を持っているのは息子さんじゃなく、あなただ」

体中から、どっと汗吹きだすような感覚を覚えた。

「……どうして私が」

「薄雪荘の図書室で、会員が本棚の下敷きになったのは二度目だそうですね」

自分の唾を飲む音が、やけに大きく聞こえた。

「一度目は紫さん。彼女は右足を失くした。そして二度目は秋穂さん。彼女は命を落とした」

「どちらも不幸な事故です」

「紫さんは本当に『偶然』だったんでしょう。でも秋穂のときは『偶然』じゃなかったのでは？」

質問のかたちをとってはいるが、確信したような口調だった。

「秋穂さんが亡くなった日、あなたが秋穂さんを落ち着かせるために図書室に連れていったのを見ている会員がいるんですよ。そしてその会員にあなたが口止めをしたこともわかっています」

八木汀のことだ。まさかこの男が彼女とまで繋がっているとは思わなかった。苦虫を噛み潰したような気持ちになる。

「図書室で『事故』が起こった日、秋穂はあなたに脅しをかけてきたんじゃないですか」

「……私には脅される理由がありませんが」

「ありますよ。息子の光一さんのことです」

妻によく似た息子の顔が思い浮かぶ。母親に甘やかされて育ったせいで、我儘で気が弱く、頭が悪い。生まれたときから一度も可愛いと思ったことがなかった。

「息子さんが泥棒したことを、奥様はあなたから聞いたと言っていた。あなたは誰から息子さんの泥棒の話を聞いたんですか？」

妻の猿のような顔を思い出し、舌打ちしそうになるのを寸でのところで堪えた。

「……息子からです」

「嘘ですね」

男はバッサリと切り捨てた。

「彼は僕に泥棒のことをあなただけには言わないでくれと頼んできたんです。息子さんがあなたに話すはずはない。息子さんが盗みを働いたことを知っているのは、彼に依頼した秋穂だけだ」

いつの間にか、自分の背中は汗でびっしょりと濡れていた。

「秋穂は息子さんを通して、自分をデビュタントボールに出すよう、あなたに求めていた。だが、あなたは首を縦に振らなかった」

当然だ。秋穂のような性格の女はデビュタントボールに向いていない。騒ぎを起こす危険因子だ。なにかあれば、一生強請り続けられることになるだろう。

「秋穂は息子さんに盗ませた右足の靴をいつも持ち歩いていたそうです。息子さんが泥棒に入った証拠でもある。秋穂はそれを見せつけて、今度は直接あなたを脅した」

息子が犯した犯罪で、華柳家の評判を落とすことはなんとしても避けねばならなかった。下手をすれば、薄雪荘の活動にも影響してくる。あれは絶対に手放せない金脈なのだ。

「……想像力がたくましいですね」

「そのセリフを言われたの、今日、二回目です」

男が笑う。こちらは作り笑いをする余裕もなかった。誰にも見られていないはずの図書室でのやりとりをまるで見ていたように喋る男に、ひたひたと恐怖が湧き上がる。

「僕はね、華柳さん。あなたを糾弾する気も裁く気もない。ただ、盗まれた靴を取り戻したいだけなんです」

男の言葉が悪魔のささやきのように、甘く耳に響く。

「右足の靴さえ戻れば、僕の話は創作で終わらせると約束します。かわりにあなたはこの大金を取り戻し、安心を手に入れる。悪くない条件でしょう？」

「……どうしてそこまでして、あの靴が欲しいんですか」

「あなたが紫さんに執着しているのと同じ理由ですよ」

つまり、取り戻すためにはどんな手段もいとわないと――男は暗にそう言っているのだ。

「……私がその靴を持っていたとして、処分したとは思わないんですか？」

長い沈黙ののち、そう尋ねた。

「思いません。口止め料で僕が納得しなかった場合に備えて、あなたは交渉手段として息子さんがうちの店から盗んだ靴をとっておかなければならなかったはずです」

こちらの行動を、いや、心の中まですべて読まれているような気がした。それなのに、こちらは男の考えが読めない。仮面を被っているわけでもないのに、その素顔を暴くことができなかった。

「――取り引きに応じていただけますね？」

顔のない黒ずくめの男は、そう言ってニタリと笑った。

新聞を切り抜いていた千里は、目に飛び込んできた見出しに目を疑った。

「烏島さん、華柳さんの息子、光一が捕まったそうです！」

新聞を持ってデスクに駆け寄ると、つい先ほど届いた小包を開けていた烏島が面倒くさそうに顔を上げた。

「知ってるよ。詐欺でだろう？」

「そうです……」

「彼がオークションに出品しているもの、盗品や偽ブランド品がほとんどだったからね。遅かれ早かれ、こうなるとは思っていたよ」

烏島の件で痛い目を見たはずなのに、そのままオークションを続けていたとは思わなかった。

旧華族という名門の家の名が災いし、マスコミが大々的に報じ、なかなかの騒ぎになっているようだ。便利に使える『ラベル』だったはずの華柳の名前は諸刃の剣となることを千里は実感した。

「でも烏島さん、罪には問わないって約束してたんじゃ……」

「僕の店に泥棒に入ったことは誰にも言っていないよ」

烏島はいたずらっぽくウィンクする。

「これくらいの犯罪なら『支援者』の力を借りてもみ消すだろうと思ったけど、どうやら華柳家に対して腹を据えかねている誰かさんが動いたようだね」

含みのあるような言い方だった。おそらく烏島も一枚噛んでいるに違いない。

「……烏島さんの私刑はもう終わったんですか」

「終わったよ」

幾重にも巻かれた緩衝材を丁寧に剝がしながら、烏島が言う。一体、何が入っているのか――ガラスの靴でも送られてきたような厳重さだ。

「今回みたいなことがあると、嫌になりませんか？」

「なにが？」

「モノを所有することです。トラブルを運んでくるでしょう？　手放したくなったりはしないんですか？」

烏島は手を止め、千里を見つめた。

「トラブルを運んでくるのは、いつだって人間だよ」

「でも今回の靴も――」

「人を憎んでモノを憎まず――モノをめぐって問題が起こるとき、悪いのはモノじゃなく人間の方だ」

よどみない口調だった。

「じゃあ、今も靴を盗んだ秋穂さんのことを憎んでいるんですか？」

「モノさえ無事に戻ればどうでもいい。僕は人に対して強い感情を抱き続けることができないんだ。憎しみも、愛情もね」

「……愛情も？」

烏島のガラスのように澄んだ瞳が、千里の不安そうな表情を映し出している。

「そう、愛情もだ。僕にとって、生き物に対する感情と、モノに対する感情は違う。前者は刹那的だけど、後者は恒久的だ。僕がなにを言いたいかわかるかな？」

意味深な笑みを見せる烏島に、千里はおそるおそる口を開いた。

「……烏島さんのコレクションに対する愛情は永遠ってことですか？」

烏島は千里の目を見つめ、微笑んだ。

「そう。というわけで、僕がきみを手放したくなったりすることはないから安心してくれていいよ、目黒くん」

千里はカッと顔が熱くなるのを感じた。

「そ、そんなこと！　私は心配していませんよ！」

「そう？　店に来るなり、ずっとなにか言いたそうにしているから、悩みでもあるのかと思ったんだけど」

千里は言葉に詰まった。

汀が烏島に好意を持っているかもしれない——そのことを考えてモヤモヤしているなど、

当の本人に言えるはずもない。

「……なんでもないです」

今、汀の件について烏島と話すのは無理だ。自分の中で気持ちの整理がつかない。

烏島はそれ以上、詮索してくることはなく、緩衝材をはずす作業に戻った。それをぼんやり眺めていた千里は、ふと先ほどの会話を思い出し、気づいた。

「烏島さん、さっきモノさえ戻ればって言ってましたけど、秋穂さんが盗んだものは戻ってませんよね？」

「戻ったよ」

烏島は緩衝材から取り出したものを持って席を立つ。

「烏島さん、それは――」

棚に飾ってあった片方だけの赤い靴の隣に烏島が置いたのは、この店から盗まれたはずの右足の靴だった。

「――ふたりの不幸なシンデレラが落としていったガラスの靴だ」

烏島は両足揃った赤い靴をうっとりと見つめ、手のひらで撫でた。

あとがき

人を憎んでモノを憎まず。

モノをめぐって諍いが起きると「呪われた○○」などと大仰な名前がつけられ、諍いの原因がいかにもモノにあるように語られることがあります。ですが『質屋からす』の店主・烏島は、諍いの原因はモノではなく、それを取り巻く人間の方にあると考えています。

今回、赤い靴をめぐって起こった諍いは、その裏にある歪んだ人間関係や強い欲望を浮き彫りにさせました。烏島はモノにまとわりついたそういう人間の感情をとても好んでいますが、人間自体には興味がなく、また、人間に対して強い感情を抱くこともありません。

しかし、自分の『コレクション』に手を出す人間に対しては別です。

赤い靴を店から盗んだ者に対して、そして千里に手を出そうとした宗介に対して、烏島は激しい怒りを露わにしています。

千里は赤い靴同様、烏島の『コレクション』のひとつです。モノ扱いしていると反感を持つ人もいるかもしれませんが、烏島は自分の『コレクション』になったモノを何より大事にしています。そして千里も、人間扱いされることが決して幸福だとは思っていません。人間を粗末に扱う人間がいることを、身をもって知っているからです。

これまでの経験や、特殊な能力を持ったことで人間不信気味になっていた千里も、烏島と出会い、仕事を通じてさまざまな人間と関わるようになりました。

宗介もそのひとりです。生まれながらに貼られた『ラベル』により、人に対して素直に心を開けなくなっていた宗介が千里に心を開きはじめたのは、『ラベル』ではなく『ラベル』の下の本質を見極めようとする千里の姿勢に惹かれたからかもしれません。

質屋を取り巻く事件によって烏島、千里、宗介——三人の距離は少しずつ近づいていますが、その関係は平行線のまま、交わることは今のところありません。

その平行線にいつか変化が訪れるとすれば、それは『質屋からす』にまたワケアリのモノが持ち込まれるときなのかもしれません。

二〇一七年五月　南潔

この物語はフィクションです。
実在の人物、団体等とは一切関係がありません。
本作は、書き下ろしです。

南潔先生へのファンレターの宛先

〒101-0003　東京都千代田区一ツ橋2-6-3　一ツ橋ビル2F
マイナビ出版　ファン文庫編集部
「南潔先生」係

ファン文庫

質屋からすのワケアリ帳簿
～シンデレラと死を呼ぶ靴～

2017年5月20日　初版第1刷発行

著　者	南潔
発行者	滝口直樹
編　集	水野亜里沙（株式会社マイナビ出版）　定家励子（株式会社imago）
発行所	株式会社マイナビ出版
	〒101-0003　東京都千代田区一ツ橋2丁目6番3号　一ツ橋ビル2F TEL 0480-38-6872（注文専用ダイヤル） TEL 03-3556-2731（販売部） TEL 03-3556-2736（編集部） URL　http://book.mynavi.jp/

イラスト	冬臣
装　幀	堀中亜理＋ベイブリッジ・スタジオ
フォーマット	ベイブリッジ・スタジオ
DTP	株式会社エストール
印刷・製本	図書印刷株式会社

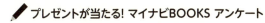

ファン文庫

質屋からすのワケアリ帳簿　上

～大切なもの、引き取ります。～

著者／南潔
イラスト／冬臣

持ち込まれる物はいわく付き？
物に宿った記憶を探る――

「質屋からす」に持ち込まれる物はいわく付き？金目の物より客の大切なものが欲しいという妖しい店主・烏島の秘密とは…？　ダーク系ミステリー。